일인용 책

신해욱 산문집

일인용 책

봄날의책

매사에 서툴고 느리고 둔하다.
그래서 싫기도 하고 안 싫기도 하다.
혼자 일하기와 혼자 놀기는 제법 한다.
그래서 글을 쓰게 된 것 같다.
두툼한 손을 부러워하고 겹눈의 세계를 궁금해한다.
그래서 시를 쓰게 된 것 같다.
광주와 서울에서의 심심하고 맹한 일상을
물수제비를 뜨는 마음으로 적었다.

차례

season 1

드림캐처

북미를 여행하고 돌아온 선배가 선물이라며 액세서리를 건 넸다. 드림캐처라 부르는 아메리카 원주민의 민속품이라고 했다. 암청색 끈을 꼼꼼히 둘러 묶은 원형 틀 안에는 거미줄 모양의 실그물이 엮여 있고, 아래쪽으로는 깃털이 두 가닥 드리워져 있었다. 고리를 잡고 들어보았다. 마침 바람이 불 어 깃털이 가볍게 날렸다. 볕을 환하게 받은 실그물은 언뜻 눈의 결정을 확대해놓은 것처럼 보였다.

"와. 예뻐요. 가방 지퍼에 달아두어야겠는데요?"

내가 고마움을 표시하며 말하자 선배는 고개를 저었다.

"이건 밤을 위한 부적이야. 이 그물에 꿈이 걸리는 거야. 그물에 걸린 나쁜 꿈은 다음날 아침 첫 햇볕이 닿을 때 이슬 처럼 사라진대. 좋은 꿈은 걸러져서 깃털을 타고 아래에 고 이고. 다음날 밤에도 계속 이어질 수 있도록 말야. 그러니 이 불 가까이에 걸어둬."

나는 선배 말을 따라 침대 맡의 커튼 고리에 드림캐처를 걸 어두고 이불 속으로 들어갔다. 이불은 약간 덥고 무거웠다. 날이 많이 추워져 누비이불 속에 두꺼운 겨울솜을 집어넣었는데 아무래도 조금 일렀던가 보다. 시원한 공기를 찾아 팔다리가 이불 바깥으로 빠져나왔다가 서늘한 기운에 다시 이불 속을 파고들기를 반복했다. 내내 잠을 설쳤다. 그러나 간밤의 꿈은 그런 잠과 잘 어울렸고, 꿈속에서의 여행은 꿈의 길이에 잘 맞았다. 나의 꿈은 이불 바깥으로 빠져나오지 않았고, 꿈속의 여행도 꿈 바깥으로 빠져나오지 않았다. 그건 좋은 꿈이었을까 나쁜 꿈이었을까. 어쨌거나 드림캐처 덕이라는 생각이 든다.

소울푸드

차려보고 싶은 식당이 있다. 메뉴도 생각해두었다.

김과 하얀 밥과 맑은 간장.

김과 하얀 밥과 명란.

김과 하얀 밥과 무장아찌.

김과 하얀 밥과 조개젓.

김과 하얀 밥과 올리브 절임.

김치나 단무지를 곁들이지 않고 김과 하얀 밥과 작은 찬 하나만을 놓는 간소한 식탁.

번화가에는 곳곳에 오니기리집이 있다. 가끔 들러 두 개쯤 주문해 먹기도 하지만, 기껏 뭉쳐놓은 주먹밥을 젓가락으로 헤쳐 먹어야 하는 게 마뜩잖다. 밥 때문에 김은 눅눅해지고, 눅눅해진 김 때문에 밥과 속재료는 엉망으로 엉겨 흐트러진다. 게다가 일본 김은 두껍고 달착지근하다. 한식집에서는 종종 구운 김과 심심한 양념간장을 상에 놓아주지만, '김과 하얀 밥과 간장'의 조합을 충분히 즐기기엔 애석하게도 먹어야 할 요리들이 너무 많다.

가을이 오고 공기가 건조해지기 시작하면 한국에서 태어

나 다행이라는 생각이 든다. 구름 한 점 없는 하늘과 청명한 날씨 때문이 아니라, 김을 먹을 수 있기 때문이다. 습한 계절이 지났으니 이제는 집에서 김을 굽고 6등분으로 잘라 밀폐용기에 쟁여놓을 수 있다. 일회용 도시락김을 뜯지 않고도 끼니때마다 김을 먹을 수 있다. 이렇게 얇고 바삭한 김을 먹을 수 있는 나라는 한국밖에 없다. 다른 나라에서 태어났다면 나는 김의 맛을 모르는 삶을 살았겠지. 김의 맛을 모르는 삶이라니. 아무래도 그건 나의 삶이라고 할 수 없을 것 같다.

다이달로스의 골목

이사를 온 지 사 년이 다 되어가건만 집을 나와 어슬렁어슬렁 발이 가는 대로 걷다 보면 매번 길을 잃고 만다. 동사무소 옆의 해광이불집. 그 옆의 한미세탁소. 그다음부터 골목들은 여러 갈래로 갈라지고 얽히면서 미로가 된다.

방향감각은 금세 사라진다. 저쪽에 큰길로 통하는 출구가 있을 것 같지만 골목 끝에는 칠이 벗겨진 대문이 있다. 이쪽으로 가면 먼젓번에 눈여겨보았던 떡집이 있을 것 같은데, 떡집 대신 오래 묵은 물건들이 빼곡히 쌓인 전파사가 있다. 또 망가진 헤어드라이어를 들고 모처럼 그 전파사를 찾아가보면 영업 중인지 아닌지 알 수 없는 허름한 이발소가 나오고 만다. 골목은 길이라기보다는 집과 가게들로 둘러싸인 또 하나의 내부 같다. 열려 있는 채로 은밀함을 간직한 기묘한 장소. 숨바꼭질과 보물찾기의 욕망을 무럭무럭 불러일으키는 장소. 다이달로스가 만들었다는 그리스 신화의 미궁도 어쩌면 이런 골목이었을지 모른다.

골목에는 지은 지 얼마 되지 않은 건물들도 제법 있지만, 오래된 집들이 훨씬 많다. 낮은 담장 끝까지 경사면이 이어지는 슬레이트 지붕. 팔작지붕에 검은 기와를 얹은 70년대식 개량한옥. 자투리 공간을 이용해 지어진 가파른 삼각꼴의 이층집. 빗물에 페인트가 들뜬 담벼락에는 '니 똥구녁에서는 오줌이 나오고 고추에서는 똥이 나온다'는 삐뚤빼뚤한 낙서가 적혀 있다. 낙서를 했던 소년은 지금 몇 살이 되었을까.

불빛이 새어나오는 어느 대문 앞에 서서 나는 잠깐 초인종을 누르고 도망을 가고 싶어진다. 정겨운 충동이다. 우리 동네니까. 하지만 정녕 우리 동네라고 말해도 되는 것일까. 나는 이 골목에 살지 않는다. 내가 사는 곳은 골목 근처, 재개발 사업으로 낡은 집들이 철거된 자리에 세워진 아파트다. 나는 골목의 외부인이고, 아파트에서는 누구도 그런 충동을 느끼지 않는다.

머리칼의 시간

"그새 머리가 많이 길었잖아?"

L을 만나자마자 이 말부터 했다. 지난번에 만났을 때 짧은 단발이었던 L의 머리는 어깨에 닿아 있었다. 머리 모양이 달라지니 얼굴도 달라 보였다.

"응. 꽤 오래 자르지 않았거든. 그런데 우리, 얼마만이지?"

L도 나도 저번에 만난 게 언제였는지 기억이 나지 않았다. 나는 손가락을 펼쳐서 친구의 머리칼이 얼마나 자랐는지 어림으로 재어보았다.

"이만큼이겠네. 우리 사이에는 머리칼 한 뼘 길이의 시간이 흐른 건가."

하긴, 오랜만에 만난 친구와 나 사이에 흐른 시간만 그런 것은 아니다. 그때와 이때 사이에 얼마만큼의 시간이 지났는지, 저기와 여기 사이의 거리는 어느 정도인지, 사실 달력도 시계도 눈금도 실감나게 일러주지 못한다. 시간과 거리를 느끼는 건 항상 몸이다. 집에서 시내까지는 1.4km가 아니라 느린 걸음으로 30분의 거리. 한국과 프랑스는 9000km가 아니라 비행기로 한나절의 거리. 나의 하루는 12시부터 12시까지가 아니라 잠에서 잠만큼의 시간. 그래서 30시간이 되기도 하고 17시간이 되기도 하는 그런 시간. 이 글을 쓰는 지금은 새벽 세시다. 휴대폰에 뜨는 날짜는 하루가 지나 있으니, 나는 어제가 된 오늘을 살고 있는 셈이다.

L이 말을 이었다. "원래는 너 만난 다음에 머릴 자르려 했어. 그런데 뭐야, 마치 시간을 자르려는 것 같잖아." 우리는 조금 웃었다. 그리고 함께 미용실에 들렀다가 헤어졌다. 다음에 만날 때 손가락을 펼쳐 다시 시간을 재어보기 위해.

남도의 맛

꼬막정식을 시켰다. 동행인 친구의 고향은 서울, 내 고향은 강원도니 둘 다 그다지 꼬막과 친한 사이는 아니다. 하지만 지금은 꼬막철이고 우리는 벌교에 놀러왔으니까.

플라스틱 접시에 수북이 삶은 꼬막이 나왔다. 잠시 난감했다. 삶은 건 분명한데, 하나같이 입을 꼭 다물고 있는 것이다. 엄마에게 전수받은 기술로 나는 일 년에 한두 번쯤 마음이 내키면 꼬막을 삶는다. 입을 쫙 벌릴 때까지 물을 팔팔 끓이고, 벌어진 껍질 사이로 드러난 살 위에 간장양념을 얹어 먹는다. 그런데 이렇게 입을 다물고 있으면 어쩌라는 거람? 손톱 끝을 들이밀어 열어보려고 아무리 애를 써도 다섯 개 중 하나가 간신히 벌어질까 말까 한다. 결국 우리에게 음식을 내주고 옆 테이블에 앉아 TV 드라마를 보고 있던 주인아주머니가 끼어들었다.

"아 꼬막은 똥구멍으로 숟가락을 따는 거랑께!"

아주머니와 우리는 마주보며 눈을 두 번쯤 깜빡였고, 동시에 웃음을 터뜨렸다. 입에서 밥알도 튀어나왔다. "아니! 숟가락으로! 똥구멍을!" 아주머니가 얼른 말을 고쳤다. 그래도

웃음은 멈추어지지 않는다. 똥구멍으로 숟가락을 따든 숟가
락으로 똥구멍을 따든 말 자체가 꼬막스럽다고나 할까. 아주
머니가 보여주는 시범을 따라 엄지와 검지로 숟가락 머리를
틀어잡고 꼬막 똥구멍을 비틀어보았다. 쉬웠다. 다물려 있던
껍데기 안에는 조갯살과 함께 짭조름하고 비릿한 바다의 맛
이 고스란히 담겨 있었다. 남도의 맛이었다.

새벽의 흐느낌

윗집에는 부부와 세 아이가 산다. 낮에는 자주 쿵쾅거리는 발소리가 들린다. 밤이 되면 악에 받친 울음소리도 들린다. 화장실 환풍기 구멍을 타고 변기 물이 내려가는 소리, 양치질을 하며 웩웩 거품과 침을 뱉는 소리가 들릴 때도 있다.

다행히 나는 층간소음에 예민한 편은 아니다. 실은 은근히 즐기기까지 한다. 고개를 들어 저 집 꼬마가 어느 쪽에서 어느 쪽으로 뛰어갔을지 방향을 짐작해본다. 울음소리가 들리는 시간이 대략 정해져 있다는 것도 알게 된다. 떼를 쓰는 아이와 씨름하느라 여자는 지치고 화가 났을 것이다. 밤늦게 귀가하여 거울을 보며 이를 닦는 남자는 아랫집 여자가 자신의 양치소리에 귀를 기울이고 있다는 건 꿈에도 생각지 못하겠지.

수능시험이 있었던 몇 주 전의 어느 날은 새벽까지 흑흑 흐느끼는 소리가 들렸다. 엘리베이터에서 데면데면 마주칠 때는 어린 여학생인 줄만 알았는데, 고3 수험생이었던가 보다. 시험을 얼마나 망쳤길래 세상이 무너지듯 몇 시간째 우는 걸까. 지나고 보면 그깟 거 아무것도 아니더라고 천장을 보며 중얼거렸지만, 혹독한 시험의 시간 속에 있는 당사자에게는 그런 말이 텅 빈 위로조차 안 된다는 걸 나 역시 모르지 않는다.

오늘은 수능성적표가 나오는 날이라 한다. 윗집에서는 오늘밤 어떤 소리가 들릴까. 모든 윗집 열아홉 살들이, 모든 아랫집 열아홉 살들이, 모든 옆집 열아홉 살들이, 울지 않을 수 있으면 좋겠다는 얄팍한 바람과 함께 천장 쪽으로 자꾸 귀가 선다.

고향의 말

내가 좋아하는 두 분의 선생님은 미당 서정주에 대해 각기 다른 생각을 갖고 계신다. 경상도가 고향인 K 선생님 말씀에 의하면 미당의 시는 단연 으뜸. 반면 전라도가 고향인 H 선생님은 미당의 시를 다소 냉정하게 평가하는 글을 쓰신 적이 있다. 미당의 고향은 전라도 고창. 두 분 모두 높은 안목을 지닌 분들이고, 또 문학적 평가에 지역감정이 끼어들 리야 없다. 그래도 나는 선생님들의 고향과 미당의 고향 사이에 머릿속으로 줄을 그어보며 약간의 의아함을 품곤 했다.

술자리가 깊어지던 어느 날, 나는 취기를 빌어 H 선생님께 여쭤보았다.

"미당에 대한 선생님 마음은 어떤 거예요?"

선생님은 내가 무슨 뜻으로 묻는지 다 안다는 듯 고개를 끄덕끄덕하셨다.

"미당이 시 잘 쓴 거, 모르는 사람이 어딨냐. 하지만 고향 말은 징글징글하기도 한 거다. 푸근하기만 한 게 아니지. 미당의 시들이 좀 그래. 너무 입에 감겨. 징글징글해."

자리가 파하고 돌아오는 길에 나의 머릿속에는 엉뚱하게

도 거머리가 떠올랐다. 거머리처럼 몸에 달라붙어 떨어지지 않는 고향의 말. 가족의 말. 사무치게 그립기도 하고 끔찍하게 진절머리가 나기도 하는 유년의 세계. 발바닥의 세계.

그 세계를 떠나기 위해, 떠났다가 돌아오기 위해, 돌아와 그 빛과 그늘을 함께 내 것으로 끌어안기 위해, 문학이 우리에게 있는 것은 아닐는지. 선생님에게는 선생님의 문학이. 나에게는 나의 문학이. 당신에게는 당신의 문학이.

사이에서

방에 딸린 베란다 창고에서 책을 한 권 찾아서 들어오려는데 문이 꿈쩍도 하지 않았다. 어떻게 된 거지? 해마 모양의 걸쇠를 걸고리에 돌려 채우는 방식이니 안에서 저절로 잠길 리는 없었다. 어안이 벙벙했다. 남편에게 도움을 청하려 했지만 그마저도 마땅치가 않았다. 휴대폰은 내 손이 아니라 방에 있었다.

문을 열려고 몇 번 더 힘을 써보다가 구석에 쭈그려 앉았다. 춥다. 졸지에 베란다에 갇힌 신세라니. 안팎의 사이에 끼어버리다니. 할 게 없으니 남의 집을 엿보듯 유리문 안쪽의 내 방을 물끄러미 본다. 이 각도에서 찬찬히 바라보는 건 처음이지 아마. 커피를 마신 컵이 두 개. 뜯지 않은 우편 봉투. 말라붙은 귤껍질. 이쪽을 향해 있는 빈 의자. 내가 빠진 나의 작은 세계가 저기 있다. 모니터에는 작업 중이던 문서 창이 띄워져 있건만, 조금 전 내가 무엇을 하고 있었는지 까마득해진다.

엉덩이를 털고 일어나 창밖으로 고개를 돌렸다. 담 너머 초등학교에서 종이 울린다. 교실 창문에서 두 개의 손이 불쑥 뻗어나와 탁 탁 탁 분필지우개를 턴다. 칠판에 씌어져 있었을 글자와 수식들이 하얀 가루가 되어 날아간다. 가루가 되기 전의 백묵선에 대해, 희미한 감정이 인다.

"뭐 하고 있어?"

남편이 심상하게 물어보며 다가온 건 땅거미가 질 무렵이었다.

"문이 열리지 않아서 갇혀 있었어."

그는 내가 농담을 하는 거라고 생각했다. 스르륵스르륵 문은 무던히 움직였다. 그러면 뭘까. 아까 나를 방으로 들여보내주지 않은 것은? 내 발을 베란다에 묶어두고 방 안과 창밖에 오래 눈길을 두도록 한 것은?

지우개 도장

길에서 시인 S를 만났다. 그는 작은 낭독회의 기획을 맡게 되었는데, 장소대관을 위해 계약서를 작성하러가는 중이라 했다. 일이 끝나면 차나 한 잔 할 겸 나는 그와 동행을 하기로 했다.

약속장소인 사무실에 도착하자 직원은 '갑'과 '을'의 조항을 길게 나열한 계약서를 내밀며 도장을 가져왔냐고 물었다. S는 도장 얘기는 들은 적이 없다며 사인을 해도 되지 않겠냐고 말했다. 직원은 고개를 저었다. '반드시' 도장이 있어야 한다는 것이었다. 저 길 건너에 도장 파는 가게가 있다고 일러주었다. 지금 다녀오라는 뜻이었다. 이번에는 S가 고개를 저었다. 거기가 어딘지도 모르겠고, 즉석에서 막도장을 파오는 것과 사인을 하는 것이 어떻게 다르냐고 따졌다. 직원은 어깨를 으쓱했다. 살짝 싸늘하고 팽팽한 기운이 돌았다.

잠시 후 S가 내 쪽을 보며 지우개가 있냐고 물었다. 어쩌자는 건지도 모르며 오 년째 사용하고 있는 지저분한 지우개를 건네주자, 그는 거뭇한 때를 손끝으로 벗겨낸 후 좌우가 뒤바뀐 모양으로 이름을 써넣었다. "잠시만요. 직접 팔게요. 이런 게 진짜 도장이죠." 그리고 샤프펜슬의 끝을 이용해 이름 부분을 파내기 시작했다.

한심하다는 듯 물끄러미 바라보던 직원이 결국 손을 들었다. "됐어요. 조각은 집에 가서 하시고요, 여기 사인하세요." 나는 손으로 입을 가리고 빙그레 웃었다. S의 오기가 맘에 들었다. 누군가의 눈에는 사소하고 쓸데없는 고집으로 보였겠지만, 사소한 일이라 해서 납득할 수 없는 것을 그냥 넘어가면 큰일에 대해서도 유야무야 그렇게 되는 법. 그 고집의 흔적이 나의 지우개에 남아 있다는 것이 기꺼웠다.

광주극장의 겨울

광주극장에 가면 종종 임검석에 앉아 영화를 본다. 임검석이란 일제시대에 현장검열을 나온 순사들을 위해 마련된 좌석이다. 내가 알기로, 임검석이 남아 있는 복층구조의 커다란 단관극장은 이제 우리나라에서 광주극장 한 군데뿐이다. 관람석 맨 뒤 정중앙에 칸막이로 마련된 이 자리는 로얄박스 비슷한 데가 있어서 앞에 놓인 탁자에 물이나 커피를 놓기 편하고 원한다면 아무렇게나 널브러진 자세를 취할 수 있다. 그러나 무엇보다도, 여기 앉아 있으면 이상한 역사 속에 들어와 있다는 착각이 든다.

다만 지금은 워낙 추운 탓에 임검석을 이용할 수 없다. 관객이 적으니 800여 석 규모의 극장 전체에 난방을 가동하는 건 언감생심. 화장실은 동파 상태고 히터는 2층에서 두 대가 돌아갈 뿐이다. 1층 임검석에 앉아 있다가는 그야말로 동태가 되기 십상이라 매표소 옆에 준비된 무릎담요를 덮고 2층에 옹기종기 모여 앉아 하얀 입김을 뿜으며 영화를 봐야 한다.

하지만 이 불편을 무릅써도 좋을 만큼 광주극장에는 광주극장만의 고유한 기운이 있다. 멀티플렉스가 외면하는 작은 영화들을 알차게 모아 상영하기 때문만은 아니다. 건물 정면에는 지금도 일 년에 한두 번쯤 '마지막 간판쟁이' 박태규 화백의 영화간판이 새로 걸린다. 1층 로비에서는 작은 전시회들이 이어지고, 2층 로비에는 구식 영사기를 비롯해 〈영자의 전성시대〉 같은 옛날 영화의 흔적들이 상설전시 중이다.

영화관에 간다는 건 단순히 영화를 보러가는 게 아니라는 것을, 영화를 둘러싼 공간과 시간을 함께 호흡할 때 진정한 영화적 체험이 완성된다는 것을 나는 광주극장에서 느낀다. 이 느낌을 주는 곳이 남아 있다는 행운. 부디 오래 지속되었으면 좋겠다.

12월 32일

2012년 12월 21일. 종말의 날이라 떠들썩했던 그날로부터 열흘이 지났다. 종말의 해라는 소문이 세간의 입에 오르내리던 2012년도 오늘로 마지막이다. 마야문명과 힌두문명의 역법이 올해를 지구의 끝으로 지목했다던가. 거대한 외계우주선 세 대가 지구에 근접하는 시점이 2012년일 거라는 이야기도 몇 년 전부터 들려왔다. 예언은 모두 빗나가거나 잘못 해석된 것일까. 종말론이야 고래 적부터 시시때때로 반복되었으니 그저 그런 해프닝이 또 한번 지나가고 있는 것인지 모른다.

나에게도 나름 종말의 이미지가 있다. 언제부턴가 마음속에 각인된 장면. 그날의 지구는 불길에 휩싸이거나 물바다가 되지 않는다. 대신 보신각의 종이 둥둥 울린다. 새해를 맞은 기쁨이 온 누리에 퍼져야 할 시간이다. 그러나 환호하기 위해 광장에 모인 사람들은 직감적으로 깨닫는다. 새해가 아니라 12월 32일이 왔다는 것을. 다음날은 12월 33일, 그다음날은 12월 34일이라는 것을.

끝을 알 수 없는 끝의 시간. 새해의 시작을 기대할 수 없는 연말의 시간. 오늘은 종말의 해 2012년의 마지막 날이다. 오늘이 지나면 안도의 숨을 쉬어도 되는 걸까. 나의 종말론에 따르면 그럴 수가 없다. 내일도 모레도 글피도 종말의 날이 이어질 테니까. 어디까지 나빠져야 바닥에 닿는 건지 짐작조차 할 수 없는 한, 종말의 시간은 무겁고 둔하게 진행 중일 테니까.

자라는 팔을 위한 선물

"해피 뉴 이어. 새해 선물로 갖고 싶은 거 없어?"
조카에게 물었다. 선물로서야 크리스마스 선물이 제격이지
만 우리가 만난 건 깊은 세밑. 조카는 괜찮다며 한사코 사양
을 하다가, 한참 후에야 베이지색 꽈배기무늬 스웨터가 갖고
싶다고 한다.

조카는 곧 6학년이 된다. 사는 곳이 멀어 자주 만나지 못하
는 터라 만날 때면 언제나 부쩍 컸다는 생각을 하곤 했는데,
이제 보니 키만 큰 게 아니다. 사달라고 조르기는커녕 사준
대도 손사래다. 취향도 제법 어른스럽다. 가슴팍에 동글동글
한 동물이 프린트된 옷에는 눈길도 주지 않는다. 자기는 꼬
마가 아니라 '어린이'라고 박박 우기던 때가 엊그제 같은데
어느덧 어린이가 아니라 소녀가 되어 있다.

하지만 열세 살이란 몸에도 마음에도 꼭 맞는 옷을 사기에
는 애매한 나이. 아동복 디자인은 성에 차지 않고, 성인 여자
옷을 걸쳐 보면 어딘가 모르게 어색하다. 간신히 몸에 맞는
옷을 찾으면 이번엔 원하던 색깔이 아니다.

결국은 색깔과 디자인이 마음에 들고 품과 길이는 그럭저

럭 맞되 소매는 한참 긴 스웨터를 골라잡았다. 그래도 좋아
라 하니 다행이다. "내년쯤엔 팔이 이만큼 길어져 있을 거예
요." 조카는 접어 올렸던 소맷단을 원래대로 풀어놓으며 헤
헤 웃는다. 그렇겠지. 팔다리도 길어지고 마음도 길어져 있
겠지. 저 스웨터의 소매만큼 팔이 자라 있을 아이를 생각하
니 코끝이 시큰거린다.

제논의 역설

발 빠른 영웅 아킬레우스와 느림보 거북이가 달리기 경주를 한다. 애초에 상대가 되지 않으니 아킬레우스는 여유만만 100m 뒤쪽에서 출발. 결과는? 단연코 아킬레우스가 진다. 아킬레우스가 100m를 따라잡으면 그사이 거북이는 꾸물꾸물 1m를 간다. 아킬레우스가 그 1m를 다시 따라잡으면 거북이는 또 꾸물꾸물 10cm든 1cm든 간다. 둘 사이의 간격은 끊임없이 줄어들지만, 아킬레우스는 결코 거북이를 따라잡을 수 없다.

수열의 극한 개념과 관련된 이 이야기는 제논의 역설 중 하나이다. 실제 경주를 하면 당연히 아킬레우스가 거북이를 이기겠지만 논리상 트릭이 그럴 수 없게 만들기에 역설이라 불린다. 하지만 새해를 맞아 나이를 한 살 더 먹고 있는 지금, 나는 이 역설이 논리의 문제일 뿐 아니라 시간감각에 대한 어떤 진실을 담고 있는 것은 아닐까 하는 생각을 하게 된다.

내가 열 살 때 스무 살은 까마득한 어른이었다. 스무 살 때 서른 살은 한참 어른이었다. 서른이 되자 마흔 살은 내가 겪은 것을 이미 겪은 적 있어 조언을 건네줄 수 있는 그냥 인생

선배였다. 이제 마흔이 된 나에게 쉰 살은? 나이듦에 대해 조금 더 아는, 약간의 친구 같다.

십 년은 예나 지금이나 십 년인데 시간이 지날수록 그 간격은 좁아진다. 그러나 아킬레우스가 거북이를 따라잡을 수 없듯, 사라지지는 않을 것이다. 우리는 조금씩 나이를 먹어가며 조금씩 더 친구에 가까워지지만 나란해질 수는 없다. 여전히 할머니의 등 뒤에 엄마가 있고 엄마의 등 뒤에 내가 있다. 우리는 모두 어디로 향하는 것일까. 우리의 극한값은 무엇일까.

가면과 얼굴

프로젝트 팀원인 후배에게 일을 하나 부탁했다. 전화로는 흔쾌히 그러겠다고 했는데, 다음날 메일이 왔다. 빙판길에서 넘어져 갈비뼈에 금이 간 터라 부탁받은 일을 하기가 어려운 상황이라는 것이었다. 걱정 말고 어서 나으라는 답 메일을 보내기까지 조금 시간이 걸렸다. 사실은 후배의 건강보다, 일이 꼬였다는 생각이 앞서 지나갔다.

몇 명의 친구들이 모인 자리에서 그 이야기를 했다. 한 친구가 곰곰 듣고 있다가 쓴웃음을 지었다. "나는 어땠는지 알아? 말 많고 탈 많은 동료 하나가 회식 자리에서 이러는 거야. 암일 수도 있으니 정밀검사를 받아야 한다는 진단이 나왔다고. 그런데 그 얘길 하면서 고기도 먹고 술도 먹어. 겉으로는 어쨌든 걱정을 해주었지. 속으로는 말야, 이랬어. 드립이네. 이번엔 암드립이야. 뭘 또 내게 떠넘기려는 걸까."

우리는 우리의 치사한 마음이 불편했다. 머리로는 무엇이 우선이어야 하는지 알고 있었지만, 마음으로는 아픈 동료에 대한 근심보다 아픈 동료가 내게 지울 부담이 앞섰다. 간신히 머리의 명령을 따라 부담의 마음 위에 근심의 가면을 덮어

썼을 뿐.

　이 가면은 일종의 위선일까. 그런 것 같다. 하지만 알량한 위선이나마 이기적 성정이 적나라하게 드러나지 않도록 가려주어 다행이라는 생각도 얼핏 들었다. 이 가면이 우리의 얼굴에, 우리의 마음에 들러붙어 아예 떨어지지 않기를. 시작은 가면이었으되 언젠가는 가면이 얼굴 자체가 되기를. 그날 친구와 나는 우리의 치사한 마음과 함께 이 소망을 눈빛으로 공유했다.

immediately

꿈을 꾸었다. 멀리 나무가 보였다. 멀리 있으니 손가락만큼 작았는데, 잎사귀의 잎맥까지도 다 들여다보였다. 저렇게 작은데 왜 손바닥의 손금처럼 환하지? 나와 나무 사이의 거리는 어디 간 거지? 벌거벗은 느낌으로 어쩔 줄 모르며 혼자 묻고 묻다가 눈을 떴다. 눈을 뜨고도 꿈속의 나무를 생각했다. 나무는 아득히 멀었지만 나와 나무 사이에는 아무것도 없었다. 공기도 없었고 시간도 없었고 간격도 없었다. 차라리 '없음'만이 있었다고나 할까.

불현듯 'immediately'라는 영어단어가 떠올랐다. '직접적으로'라는 뜻을 지닌 이 단어를 처음 접한 건 중학교 때였다. 무작정 외워 쓰기에는 너무 길고 복잡하여 쪽지시험에서 항상 틀렸던 기억이 난다. 이 단어의 형태소를 구분할 수 있게 된 건 한참 머리가 큰 후였다. im-mediate-ly. 매개나 간섭을 뜻하는 'mediate'에 부정의 뜻을 지닌 접두사 'im~'과 부사형 접미사 'ly'가 붙는다. 직역한다면 '직접적으로'보다는 '비매개적으로'에 가깝다.

알고 나니 시원했다기보다는 기묘한 단어라는 생각이 들

었다. '비매개적'이기 위해 '매개'를 필요로 하다니. 중간에 아무것도 없다는 뜻을 지닌 단어가, 중간에 뭔가 있다는 뜻을 중간에 품고 있다니. 멀면서도 환하고 선명했던 내 꿈속의 나무처럼. '없음'만이 나와 나무 사이에 가득하던 풍경처럼. 혹시 이 꿈을 꾸기 위해, 나는 immediately라는 단어를 익혔던 게 아닐까.

4주기

광주에서 서울로 오는 호남선 열차의 종착지는 용산역이다. 용산역에서는 지하철 1호선이 바로 연결되지만, 나의 목적지는 4호선 쪽에 가까울 때가 많은 터라 역사驛舍를 나와 5분 거리에 있는 신용산역을 좀 더 자주 이용하곤 한다.

이 5분 거리의 길은 올 때마다 모습이 변해 있다. 매일 찾는 길이라면 그러려니 하고 지나칠 수도 있겠는데, 한 달 만에, 혹은 두 달 만에 오다 보니 변화가 확연히 눈에 들어온다. 길가에 줄줄이 늘어서 있던 포장마차들이 감쪽같이 사라져 어리둥절했던 날도 있다. 즐겨 찾던 만두가게가 있던 건물이 통째로 횡해서 입만 다시며 뒷목을 긁적인 적도 있다.

몇 달 전 그 건물에는 '이주대책 마련 없이 공사 절대중지'라는 현수막이 나붙어 있었다. 그 풍경이 을씨년스러워 사진을 한 장 찍어두었는데, 며칠 전 다시 가보니 건물들이 몽땅 철거되고 일대가 한창 공사 중이다. 공원이 들어설 예정이라 한다.

신용산역 입구에서 계단을 몇 개 내려갔다가 발길을 돌려 다시 거리로 나왔다. 횡단보도를 건넜다. 거기, 남일당 터, 4

년 전 용산참사가 일어났던 장소에 들렀다. 불탄 건물이 철거된 자리는 임시주차장으로 쓰이고 있었다. 골목을 따라 철제스크린으로 울타리를 둘러놓은 철거 터에는 누렇게 마른 풀들만 무성했다.

기껏 이 황량함을 위해 생활을 꾸리는 사람들을 내쫓고 죽음으로 내몰았던 건가. 이곳에 신축빌딩이 들어서 네온사인을 휘황하게 번쩍였어도 배신감이 깊었을 것이다. 그러나 4년 전의 참담함을 이토록 생경하게 노출하는 폐허라니, 입에 침이 마르는 이 느낌을 뭐라 해야 할지 모르겠다.

고객님의 실수

며칠 여행을 떠나려고 인천공항에 왔다. 항공권 티케팅을 하고 있는데, 옆의 가족용 카운터에서 실랑이가 벌어졌다. 노부모를 모신 중년부부 일행. 말투로 보니 조선족 동포인 듯했고, 짐의 규모로 보니 한국에 오래 머물다가 귀국하는 길인 모양이었다.

실랑이의 내막은 이랬다. 할머니는 휠체어에 앉아 있었는데, 창구직원이 진단서로 보이는 서류를 검토하더니 발권을 거부했다. 의사가 동승하지 않으면 탑승할 수 없다는 것이었다. 동행인 여자는 하소연을 하다가 급기야 화를 냈다. 겨우 두 시간 비행 아니냐, 이전에도 괜찮았다, 예약할 때는 아무 말 없더니 왜 이제 와서 이러느냐, 비자 만료일이 얼마 안 남은 거 모르겠느냐, 우리의 경제적 손실은 당신이 보상할 거냐······

여자의 언성이 높아질수록 항공사 직원의 태도도 완강해졌다. 예의를 갖추고 있었지만 물러설 태세가 아니었다. 규정상 어쩔 수 없다, 내 마음대로 할 수 있는 일이 아니다, 예약할 때 주의사항을 꼼꼼히 살피지 않은 고객님의 실수다······

고객님의 실수라. 그랬을지 모른다. 하지만 주의사항을 제대로 알았다 한들 다른 방법이 있었을 것 같지도 않다. 비자 만료일이 지나면 미등록체류자, 이른바 '불법적' 존재가 된다. 게다가 동승해줄 의사는 어디서 찾나. 정부에서는 나가라고 하고 민영항공사에서는 나가지 말라고 하니 할머니는 머물 수도 떠날 수도 없는 신세가 된다. 할머니에게 닥칠 이 암담하고 난처한 상황 앞에서 내가 항공사 직원이었다면 어땠을까. 나는 몰래 내 소속회사의 규정을 어길 수 있었을까.

길을 잃을 자유

상하이를 배회하고 있다. 대도시의 겉모습은 어느 나라나 비슷하다는 걸 새삼 깨닫는다. 중심가의 고층건물과 백화점, 편의점과 커피체인점, 유적지와 관광스폿. 나는 어디를 가도 심드렁한 편이다. 남산타워에도 안 올라가봤는데 동방명주 전망대는 뭘, 하며 지나치는 식이다. 맛집을 열심히 찾아다니지도 쇼핑을 즐기지도 않는다.

그런데도 종종 낯선 나라의 대도시로 여행을 떠나는 건 길을 잃을 자유를 얻기 위해서인지도 모르겠다. 숙소를 나서기 전 지도를 보며 목적지를 일단 정하지만, 목적지에서 보내는 시간보다는 목적지를 찾지 못해 길을 잃고 헤매는 시간이 늘 더 많다. 그게 좋다. 골목을 잘못 접어들거나 엉뚱한 지하철역에서 내려 우왕좌왕하다 보면 예기치 않게 마음에 남는 세계를 만나게 되기 때문이다.

가령 색색의 빨래들이 전선에 줄줄이 걸려 있는 뒷골목의 낡은 아름다움. 꿀 먹은 벙어리가 되어 스님에게 강매당한 관음보살 묵주. 그 묵주를 굴려본다. 좋은 우연도 나쁜 우연도 여행지에서는 기꺼이 받아들일 수 있다. 아무렇게나 헤매도 초조해지지 않고 아무렇게나 마음이 들러붙어도 상관없는 자유를 내 삶의 터전에서 누리기는 쉽지 않다. 일상이 영위되는 곳에서는 정해진 기한 내에 해야 할 일이 있고 정해진 시간에 도착해야 할 장소가 있으니까.

이번 여행에는 '에그'라 불리는 포켓 와이파이를 가지고 왔다. 어디서든 인터넷이 연결되니 위치 파악이 안 될 때는 구글맵에 도움을 청한다. 사이버가이드를 데리고 다니는 기분이다. 헤맬 일이 줄었다는 안도감과 아쉬움이 동시에 든다. 잘한 일인 것 같지만은 않다.

잃어버림에 대하여

비행기에 책을 한 권 두고 내렸다. 책 사이에는 미술관에서 산 엽서가 끼어 있었다. 입국장을 나와 짐을 정리할 즈음에야 그 사실을 알았다. 항공사 사무실을 찾아가 편명과 좌석 번호를 알려주며 등받이 포켓을 찾아봐달라고 부탁했다. 다음날 전화가 왔다. 내 자리 주변을 구석구석 뒤졌는데도 찾을 수 없었다고 했다.

어디로 사라진 걸까. 활주로가 붐벼 이륙 대기시간이 길어지자 나는 그 책을 꺼내들었었다. 30페이지쯤 읽었지만 재미가 없어 등받이 포켓에 꽂아둔 걸 분명 기억한다. 잃어버렸다고 해서 중뿔나게 아쉬울 건 없었다. 집에 가지고 가봤자 다시 펼쳐보지 않을 가능성이 더 컸다. 신간이었으니 손때와 필적이 묻어 있는 것도 아니었다. 엽서의 경우도 굳이 집착을 가질 이유는 없었다. 습관적으로 엽서를 사는 편이라 미술관의 숍에서 몇 장 집어들었을 뿐이었다. 마음을 사로잡은 작품이 담긴 것도 아니었고, 잃어버린 것 말고도 다행히 내 가방에는 두어 장이 더 있었다.

그러나 내 손에 있을 때는 아무것도 아니었던 것이, 잃어버렸다고 생각하는 순간 왜 이렇게 애착이 가는 것일까. 바로 그 책을 꼭 찾고 싶고, 바로 그 엽서를 메모판에 붙여놓고 싶은 것일까. 엽서 속 어린 소년의 표정이 뒤늦게 가물거리는 것일까.

인터넷 서점에 들어가 결국 그 책을 다시 주문했다. 우연히 끼어든 '잃어버림'이, 잃어버리지 않았다면 다시 펼쳐보지 않았을 책을 나로 하여금 지금 읽게 하고 있다. 나는 '잃음'을 읽고 있다.

맥심 오리지널

하루에 커피 두 잔을 마신다. 원두를 드륵드륵 갈아 핸드드립으로 한 잔. 빨간색 맥심 오리지널 커피믹스를 컵에 털어 넣어 또 한 잔.

집에서 커피를 내려먹기 시작한 지는 삼사 년쯤 된다. 커피에 꽂힌 몇 명의 친구를 둔 덕에 가끔 원두를 선물로 받게 되었고, 드리퍼와 여과지부터 시작하여 커피용품도 하나하나 구입하게 되었다. 맛있게 끓이는 법에 대한 팁도 얻었다. 갈고 내리는 동안 집 안 가득 퍼지는 커피향이 좋고, 케냐와 예가체프와 만델링 따위 맛을 구분하며 마시는 즐거움도 쏠쏠하다.

그래도 나는 '맥심'이 필요하다. 집에 있을 때는 커피믹스가, 밖에 있을 때는 자판기 밀크커피가. 이 달고 텁텁한 음료가 공급하는 카페인과 당분으로 하루를 시작하는 일에 길들어 도저히 벗어날 수가 없다. 벗어날 수 없는 건 어쩌면 모종의 아련함인지도 모른다. 백 원짜리 맥스웰을 뽑을까 이백 원짜리 맥심을 뽑을까 삼 초쯤 고민하던 시절의 기억. 나의 겨울, 나의 차가운 손에 전해지던 자판기 종이컵의 온기.

이제는 어디를 가나 길목마다 커피전문점이 눈에 띈다. 스타벅스의 까페라떼가 자판기 밀크커피보다 맛있다는 것쯤 나 역시 모르지 않게 되었다. 맛과 향에 대한 수다에도 끼어들고, 커피 한 잔에 오천 원 정도는 손 떨지 않고 지불할 수 있게 되었다. 그래서? 내 삶은 자판기 시대보다 더 그윽하고 풍요로워진 걸까? 향기로워진 걸까?

라구아르디나 엘샤를 위하여

엘샤 라구아르디나. 한때 나에게 한국어를 배웠던 그녀가 한국국적을 취득했다고 했다. 나는 반가워하며 생각 없이 물었다. "잘됐네요. 이름은 어떻게 하기로 했어요?"

딴에는 관심의 표명이었다. 대체로들 새 이름을 만드니까. 중국과 베트남에서 온 여성들은 원래 이름에 해당하는 한자의 한국식 발음을 새 이름으로 삼는다. 그 밖의 다른 나라를 고향으로 둔 여성들은 남편이나 시어머니의 성을 따르고 이름은 따로 짓는 경우가 많다. 이러나저러나 세 글자 이름. 결혼이주여성만 그런 건 아니다. 축구선수 발레리 사리체프는 '신의손'으로 개명했다. 역사학자이자 칼럼니스트인 블라디미르 티호노프는 '박노자'라는 이름으로 활동한다. 나는 엘샤도 당연히 그렇게 했을 줄 알았다.

하지만 그녀는 약간 새침한 얼굴로 대답했다. "이름요? 라구아르디나 엘샤요." 그러니까, 성과 이름의 순서만 바꿔 주민등록부에 올렸다는 얘기다. "다들 귀찮지 않냐 그래요. 구청에 가도 그렇고 병원에 가도 그렇고. 애들이 엄마 이름 때문에 놀림받을지 모른다며 남편도 바꾸라 하고. 아뇨. 귀찮

냐고 물으며 귀찮게만 안 하면 나는 안 귀찮아요. 뭐 꼭 김씨,
이씨, 이래야 하나요?"

　그러네. 김씨 이씨만 있나. 남궁씨도 있고 독고씨도 있다.
라구아르디나씨가 안 될 이유가 어딨겠는가. 이 당연한 진실
을 일깨워준 엘샤가 문득 달리 보인다. 차분하고 조용한 줄
만 알았는데, 자신의 이질성을 당당히 '빛'으로 받아들이는
사람이었구나. 이 멋진 사람을 통해 오늘 나의 시야는 1cm쯤
넓어진 것 같다.

형제의 생선가게, 모녀의 반찬가게

나는 승리수산과 초원전집의 단골이다. 요즘은 차례상에 올릴 전과 굴비를 사러 명절 전날에나 들르고 있지만 그래도 햇수로만 십 년째. 주인들이 나를 단골로 여길 것 같지는 않으나, 일 년에 두어 번이나마 내 편에서야 어쨌거나 단골이다.

승리수산은 형제의 생선가게다. 형은 주로 안쪽에서 도마와 칼을 맡아 생선의 배를 가르고 비늘을 벗긴다. 동생은 진열된 생선과 해물 옆에 서서 그날의 물 좋은 품목으로 호객을 하고 떨이를 외치며 손님을 상대한다. 생태나 대구 같은 탕거리를 사면 미더덕, 오만둥이, 바지락 같은 것을 손에 닿는 대로 함께 넣어주어 부재료 고민도 할 필요가 없게 해준다. 얼굴부터 성품까지 닮은 구석이라곤 없어 보이는 두 남자가 형제라는 걸 알게 된 건 동생의 너스레 때문이었다. 우리 형 장가 좀 보내줘요. 저렇게 잘생겼는데 여자 한번 제대로 만나본 적 없어요. 넉살 좋게 그는 장 보러 나온 엄마들에게 애교를 부리곤 한다.

승리수산의 건너건너에는 초원전집이 있다. 세 모녀의 반찬가게다. 내가 초원전집의 단골이 되기로 마음먹었을 즈음 그 집 둘째딸은 앳된 여고생이었다. 엄마가 전을 부치고 언니가 음식을 포장용기에 담는 동안, 교복 차림에 뚱한 얼굴로 값을 일러주고 거스름돈을 내주는 일이 둘째딸의 몫이었다. 이제 그녀에게서는 제법 젊은 주인 태가 난다. 손도 빠르고 부침개 뒤집는 솜씨도 그만이다. 손님들을 향해 또 오세요, 맛있게 드세요, 하며 인사를 건넬 줄도 안다.

　모녀의 반찬가게를 거쳐 형제의 생선가게를 지나 주렁주렁 비닐봉지를 들고 시장골목을 빠져나올 때면 이런 생각이 스쳐간다. 누가 누굴 먹여 살리는 게 아니라, 한집에서 함께 벌고 함께 먹고 함께 눕는 가족의 삶. 그런 건 어떤 느낌일까.

먹는 곳, 싸는 곳

터미널에 내려 급하게 화장실을 찾았다. 아무래도 커피를 너무 많이 마셨던 것 같다. 도착 플랫폼 쪽의 화장실은 낡고 퀴퀴한 편이라 잘 이용하지 않지만 이번만큼은 다른 데를 찾아다닐 계제가 아니었다.

가장 가까운 칸의 문을 벌컥 열고 들어갔다. 시원하게 일을 보고 있자니 옆 칸에서 소곤소곤 이야기를 나누는 두 여자의 목소리가 들려온다. 그때 자기가 생강 준 거 있잖아, 재탕삼탕 끓여서 잘 먹고 있어. 고마워. 고맙긴. 호호. 나는 바지를 주섬주섬 챙겨 입고 물을 내린다. 물 내려가는 소리 사이로 물 마시는 소리. 떡이나 김밥 같은 음식을 씹는 소리. 부스럭부스럭 비닐봉지를 챙기는 소리. 그리고 반대편 옆 칸에서는 다른 종류의 소리들이 들려온다. 화장실이라면 응당 들려오는 그런 소리들.

미화원 아주머니들의 점심시간인가 보다. 장소는 화장실 내 청소도구보관함. 누군가가 오줌을 누고 똥을 싸고 방귀를 뀌고 식도에 끓는 가래를 뱉는 곳에서 누군가는 식사를 하며 담소를 나눈다. 먹는 사람에게나 싸는 사람에게나 이게 보통

민망한 일이 아니라는 거, 먹을 때는 맘 편히 먹을 수 있는 공간이 필요하다는 거, 위에 계신 분들, 버스터미널 공중화장실에 들르실 일이 없더라도 알아주시면 좋을 텐데.

나는 문을 빼꼼 열어 바깥을 살피고 후닥닥 화장실을 나왔다. 바로 옆에서 식사를 하던 분들과 얼굴을 마주치게 될까 봐 걱정이 되었기 때문이다.

지구가 작아진다

소행성 2012DA14가 지구상공을 스쳐간 날, 책꽂이에서 《어린왕자》를 꺼냈다. 소행성 B612. 그 별이 함께 스친 까닭이다. 오래전 내가 두고두고 읽던 장면은 뱀과 어린왕자의 만남, 길들임에 대한 여우의 이야기 같은 것이었다. 하지만 이번에는 다른 페이지를 오래 펴놓고 있다.

지구에 온 어린왕자가 못내 서운해한 것 중 하나는 아무 때나 해 지는 광경을 볼 수 없다는 것이었다. 고향 별 B612에서는 슬퍼질 때마다 해가 지는 걸 지켜보곤 했는데, 워낙 작은 별이라 몇 걸음만 옮기면 언제든 황혼녘에 닿을 수 있었기 때문이다. 황혼이란 그러니까, 하루 중의 특정 시간이 아니라, 찾아가는 '장소'였던 것이다. 어린왕자의 말을 듣고 화자는 이렇게 생각한다. 지구라도 뭐 아주 불가능한 건 아닌데. 미국이 정오일 때 프랑스에서는 해가 지니까, 일 분 안에 프랑스에 갈 수만 있다면 아무 때나 황혼을 볼 수 있겠지⋯⋯

시공간 감각이 모호해진다. 정말 프랑스에서 미국까지 일 분 안에 갈 수 있다면, 지구는 어린왕자의 별만큼 작아진 거나 매한가지 아닐까. 정오를 원할 때 정오에 닿고 밤을 원할 때 밤에 닿을 수 있다면, 우리 역시 집에 가거나 공원을 산책하는 기분으로 시간 속을 거니는 셈이니까.

　허튼 상상인 것 같지만은 않다. 일 분까지는 아니더라도 프랑스와 미국을 오가는 시간은 《어린왕자》가 나온 1943년에 비해 한참 단축됐다. 그 단축된 시간만큼 인간에게 지구는 작아진 것일 테다. 지금 서울과 광주를 기차로 이동하는 데는 세 시간이 걸린다. 고속철도가 개통되면 한 시간 반 만에 닿는다 하니, 그 시간만큼 지구는 또 작아지는 것이겠지. 그렇게 조금씩 조금씩 작아져, 언젠가는 어린왕자의 별만큼 아담해지게 될지도.

'늬자'에 앉다

키보드를 잘못 눌렀다. '의자'라는 단어를 칠 생각이었는데 모니터에 뜬 것은 '늬자'. 'ㅇ'에 해당하는 자판이 뻑뻑해서 자주 오타가 난다.

보통은 잘못 친 글자를 얼른 지우고 다시 타이핑을 하지만 이번에는 '늬자'의 생김새를 물끄러미 보게 된다. 초성 자리에 나오는 'ㅇ'은 본래 소릿값이 아니다. 모음으로 시작되는 글자의 허전함을 채워주는 일종의 묵음 기호다. 없어도 발음하는 데에는 문제가 없다는 뜻이다. 그러니 그냥 '늬자'라고 쓰면 안 될까, 억지를 부리고 싶어진다. 'ㅢ'라는 잘못 친 글자가 의자의 실제 모양과 닮았다는 생각이 들어서다. 사물을 흉내 내고 싶어 하는 글자의 마음이 담겨 있는 것 같다.

나도 흉내를 내볼까. 나홀로 퍼포먼스 1탄. 아끼는 나무의자를 마루 가운데로 끌고나와 앉아본다. 등을 꼿꼿이 세우고 다리를 가지런히 모으고 가만히 숨을 쉰다. 의자를 흉내 내는 중이다. 혹은 '늬자'를 흉내 내는 중이다. 나홀로 퍼포먼스 2탄. 이번엔 무릎을 가슴께로 끌어올려 두 팔로 안는다. 무릎에 얼굴을 묻고 가능한 한 몸을 동그랗게 만든다. '늬자'

위의 동그란 묶음, 'ㅇ'을 흉내 내는 중이다. 의자에 앉아 의자에 앉은 사람을 흉내 내는 중이다.

그러니까 'ㅢ' 위의 'ㅇ'이란 단순한 묶음이 아니라 의자 위에 앉은 사람의 모습을 보여주는 기호일지도. 'ㅢ자'에 빈 의자의 마음이 담겨 있다면, '의자'에는 의자에 앉은 사람의 마음이 담겨 있는 것일지도. 오늘의 갸륵한 오타가 불어넣어 준 소박한 환상이다.

season 2

유관순 괴담

태극기가 삼일 째 바람에 휘날리고 있다. 맞은편 아파트에
서. 외롭게 펄럭펄럭. 저 집 주인은 아침에는 삼일절이라는
걸 기억하고 저녁에는 까먹었나 보다. 덕분에 나는 삼일절이
삼일 지났는데도 삼일절의 태극기를 생각하고 있다.

  한때는 나도 아버지와 함께 삼일절 아침 꼬박꼬박 태극기
를 걸던 시절이 있었다. 워낙에 애국기와 애국가가 강조되던
시대이기도 했지만, 교실을 떠돌던 괴담 때문이기도 했다.
그런 얘기는 누가 지어냈나 모르겠다. 삼일절에 태극기를 안
달면 어떻게 되는지 알아? 밤 열두시에 유관순이 찾아와 귓
속에 속삭인대. 대한독립만세. 대한독립만세.

  그 나이라 해서 지어낸 말이란 걸 몰랐던 것 같지는 않다.
하지만 깨끗이 무시해버릴 만큼 간이 크지도 않았다. 빛이
잘 들지 않는 복도 게시판에 걸려 있던 유관순의 으스스한 초
상 때문이기도 했으리라. 그 굳은 얼굴 앞에서 우리는 목소
리를 낮춰 갖가지 '호러'를 나눴다. 저 사진, 반쪽씩 가리고
봐봐. 반은 남자, 반은 여자 얼굴이야. 밤에는 피눈물을 흘린
다던데? 너무 많이 알면 안 돼. 유관순의 진실 백 가지를 알

면 유관순이 앞에 나타나. 그 눈을 보면 죽는대.

　아, 꽃다운 나이에 고문받다 죽은 것도 억울한데 유관순은 어쩌다 꺼림칙한 귀신이 되어 지상을 떠돌게 된 걸까. 아니면 위인과 열사라는 족쇄에서 벗어나 괴담의 주인공이 되고서야 소녀로서의 영혼을 꽃피우게 된 것일까.

봄의 정령

놀이터 벤치에 앉았다. 봄이다. 유난히 혹독한 겨울을 지내고 난 터라 햇볕과 바람에서 감촉되는 따뜻한 기운이 어리둥절할 만큼 낯설다. 봄이란 이런 거였나. 공기가 생물처럼 얼굴과 목덜미를 어루만진다. 가만히 있어도 세계와 연결되어 있는 느낌. 오랜만인지 처음인지 모르겠다.

아이들은 벌써 반소매다. 뻗치는 생기를 주체하지 못해 정수리에서 싹을 툭툭 틔울 것만 같다. 몇 명은 제각각 볼을 빵빵하게 부풀리고 두 손을 입에 모아 개구리 울음소리를 흉내내며 낄낄거린다. 개굴개굴 꽥꽥. 내가 더 진짜 같다니까. 내 소리가 더 커. 그건 개구리가 아니라 오리 소리야. 아냐. 맹꽁이야. 벤치를 떠나며 나도 그 애들처럼 소리를 내본다. 피식 바람 빠지는 소리만 난다.

집에 돌아와 세탁기에 빨래를 넣고 책을 한 권 집어들었다. 얇은 볼륨인데도 실제본이 된 책이다. 풀칠 대신 실로 꿰매어 엮은 탓에 책장을 넘길 때마다 갓 구워진 빵 껍질 같은 바삭한 소리가 난다. 고소하고 간지럽다. 펼쳐진 페이지를, 읽는 대신 만져본다. 햇살을 받아 펄프의 미세한 결이 그대로 도드라져 있다. 하얀 종이가 그저 공백이 아니라 물질이기도 하다는 사실을 새삼 깨닫는다. 바삭한 소리와 종이의 질감에 사로잡혀 좀체 글자들이 눈에 들어오지 않는다.

　세탁기의 종료 벨이 울린다. 베란다에 나가 창문을 열고 빨래를 넌다. 바지 가랑이가 개다리춤을 추는 것처럼 바람에 흔들린다. 내일 아침에는 저 바지를 입고 외출을 해야겠다.

감나무집

감나무집에서 점심을 먹었다. 삼겹살과 막국수를 파는 감나무집은 김옥희 여사의 아들 내외가 운영하는 식당이다. 김옥희. 요절한 작가 이상李箱이 애지중지하던 여동생. 1936년, 이상은 애인을 따라 몰래 만주로 떠난 스무 살의 맹랑한 옥희에게 편지를 썼다. 네가 이렇게 떠나다니, 망치로 골통을 얻어맞은 것처럼 어찔어찔하구나.

우연히 감나무집을 알게 된 건 밥집을 찾아 동네를 돌던 오래전의 어느 날이었다. 열린 대문 안쪽으로 큼직한 액자가 걸려 있었는데, 뭐라뭐라 적힌 글귀와 함께 이상의 얼굴이 보였다. 글귀에 적힌 내용은 요컨대 가게주인이 시인 이상의 조카라는 것. 그 사실이 반가워, 이사를 가기 전까지는 가끔 감나무집에서 삼겹살을 구워 먹곤 했다.

이제 감나무집에는 액자가 보이지 않는다. 김옥희 할머니는 안녕하시냐고 물었더니 치매를 앓으시다 2008년에 아흔넷의 나이로 돌아가셨다고 한다. 액자가 내려진 것도 그 무렵이었겠지 싶다. 뒤늦게나마 명복을 빌어본다. 내가 이 집에 다시 오기까지도 그새 육칠 년이 흘렀나 보다. 이전에 들를 땐 주인 내외와 눈인사를 나누기도 했는데, 지금은 나도 그분들의 얼굴이 설고 그분들도 나를 기억하지 못하는 것 같다. 붙임성이 좋았으면 이것저것 더 여쭤보았으련만 그러지 못했다. 언제 다시 오게 될지 모르니, 이상의 조카, 조카며느리, 조카손주의 모습을 그저 유심히 지켜보았을 뿐.

여동생의 가출에 머리가 어찔어찔했던 젊은 작가. 오빠의 머리를 어찔어찔하게 만들었던 그 여동생. 이들이 피붙이임을 자랑처럼 담고 있던 액자. 이제 이 세상에는 없는 것들. 그 다음으로 사라질 것은 감나무집일까, 감나무집에 대한 나의 기억일까.

세상의 모든 아이들

여동생과 나는 연년생이다. 우리는 자주 토라졌다. 나는 맏이라서 불만이었고 동생은 둘째라서 불만이었다. 왜 나한테만 뭐라 그래. 나는 맏이의 부담이 거추장스러웠다. 왜 언니한테만 해줘. 동생은 둘째에 대한 무신경을 서운해했다.

　동생은 지금 두 아이를 키우고 있다. "애, 둘째한테 신경좀 써야 하는 거 아니니?" 어느 날 엄마가 동생에게 넌지시 말하자 동생은 얼굴을 흐렸다. "내가 둘째라서 말이지, 둘째낳기 전에는 둘째에게 진짜 잘해줄 거라 마음먹었거든. 근데생각처럼 안 되네. 아무래도 대충대충이야. 맏이는 맏이고둘째는 둘챈가 봐."

　동생의 말을 듣고 있자니 코끝이 찡했다. 둘째가 태어나 며칠 지나지 않았던 어느 날, 네 살이던 큰조카는 방구석에 숨어 서럽게 울었다. 세상의 중심에 있다가 갑자기 바깥으로떠밀린 느낌. 부모 마음이야 어떻건 맏이는 둘째가 태어날때 한번 버림받는다. 그리고 동생이랑 놀아주지 않는다고,동생을 못살게 군다고, 수시로 야단을 맞는다. 반면 형아가이미 있는 세상에 태어난 둘째는 애초부터 관심을 독차지할

기회를 누리지 못한다. 형아의 옷을 물려 입고 형아가 누리
던 사랑을 한 줌 나누어받을 뿐이다.

　맏이에게는 맏이의 결핍이 있고 둘째에게는 둘째의 결핍
이 있다. 막내도 외동도 마찬가지겠지. 어느 쪽도 자기 의지
로 선택하거나 피할 수 없다. 이 결핍감을 힘겹게 자기 방식
으로 끌어안으면서 우리는 각자 한 명의 인간이 되어간다.
이 마음의 전쟁을 치르고 있는 세상의 모든 아이들에게, 그
리고 우리의 모든 어린 시절에, 격려와 위로의 박수를 보내
고 싶어진다.

점프

세계선수권대회 프리스케이팅에서 김연아가 일곱 번의 점프를 깨끗이 끝냈을 때, 휴, 안도의 숨을 쉬었다. 나는 트리플러츠와 트리플플립이 어떻게 다른지 잘 모른다. 어떨 때 '롱엣지' 판정이 나는지도 모른다. 보는 눈이 없는 나로서는 무사히 착지만 하면 오케이. 그 순간 아슬아슬함과 짜릿함이 교차한다.

그러니까 김연아의 무대를 생방송으로 보는 동안 나는 '아름다운 연기'보다는 '고난도의 곡예'를 대하는 마음 쪽에 가깝다. 어릴 적 동춘서커스단의 공연을 구경하던 때와 크게 다르지 않은 셈이다. 엿가락처럼 휘는 소녀들의 몸이 층층이 쌓여 탑을 이룰 때의 경탄. 그네 타는 곡예사가 공중회전을 할 때의 아찔함.

곡예는 미감에 봉사하지 않는다. 곡예는 위태로움을 날것 그대로 전시하는 정직한 스릴의 장르다. 영화의 스릴에 대역과 카메라 조작 같은 트릭이 개입하는 것과 달리 곡예사는 추락과 전복의 진짜 위험 속으로 맨몸을 밀어넣는다. 그가 실패할지 성공할지는 아무도 모른다. 곡예사가 우리 앞에 펼쳐

보이는 건 단지 신출한 묘기만이 아니다. 그는 일 초 후의 시간조차 예측할 수 없는 인간의 무력함도 동시에 보여준다. 곡예사가 비로소 활짝 웃으며 인사를 하면 갈채가 쏟아진다. 그의 무사함에 대한 기꺼움이자 시간에 대한 불안으로부터 해방된 데 대한 안도감의 표현이기도 할 것이다.

곡예의 스릴은 그렇게 한 번으로 끝날 뿐 재현되지 않는다. 김연아의 점프도 마찬가지다. TV에서는 그녀의 무대를 녹화한 영상을 거푸 틀어주고 있다. 이제 나는 느긋한 마음이다. 스릴은 휘발되고, 그제야 아슬아슬한 곡예 대신 우아한 연기와 고혹적인 표정이 눈에 들어온다. 일 초 후의 시간에 대한 불안과 무능력 속에 곡예의 숭고함이 있다면, 시간이 장악되었다는 안도감 속에서 예술의 아름다움이 피어나는 것인지도 모른다.

단지 남자라는 이유만으로

부녀자연쇄살인사건이었던가 아동성범죄사건이었던가 세
간이 떠들썩하던 몇 년 전 어느 날, K와 나는 건널목 건너 고
층건물의 통유리 승강기를 바라보며 파란불을 기다리고 있
었다. 네모난 상자가 부지런히 사람들을 위아래로 실어나르
는 광경이 환히 보였다. 문득 K가 입을 열었다. "모든 엘리베
이터가 저렇게 투명했으면 좋겠어."

뭔 소리인가 싶었다. 당시 K는 삼십대 중반의 싱글남. "싱
글남? 요즘 같은 땐 다 개소리야. 그냥 퀴퀴한 노총각 아저씨
라니까. 그것만으로도 수상한 존재라고."그는 엘리베이터
에 여자나 아이랑 둘이 타게 되면 잠재적 범죄자가 되는 기분
이라고 했다. 그런 상황은 제 편에서 피하려 애쓰는 편이고,
급해서 같이 타야 할 땐 CCTV에 잘 비치도록 한쪽 모서리에
바싹 붙어 선다고도 했다.

그때는 대강 흘려들었던 K의 푸념이 뇌리에 떠오른 건 〈더
헌트〉라는 영화를 보면서였다. 아동성추행범으로 오해받아
직장에서 해고당하고 동네사람들에게 왕따와 폭행을 당하는
남자의 이야기. 남자는 결백하지만 졸지에 변태아저씨로 몰

려 모든 것을 잃는다. 억장이 무너질 노릇이다. 그러나 주위 사람들 입장으로서야 그 결백을 어찌 덥석 믿을 수 있으리. 증거가 없다 해도 만에 하나 우리 애를 건드렸을 수 있는데? 그런 잡놈이라면 어쩔 건데?

단지 남자라는 이유만으로 억울하고 분통 터지는 남자들, 이 세상에 종종 있겠지. K는 이제 결혼해서 두 딸의 아빠가 되어 있다. 그가 이 영화를 보면 어떤 마음일지 궁금해진다. 몇 년 전 자신의 모습이 먼저 떠오를까, 어린 딸들이 먼저 떠오를까.

가위소리

머리를 자르러 갔다. 손님이 없는 한적한 시간이었다. 미용
사는 분무기로 칙칙 물을 뿌리고 머리칼을 손으로 빗기다가
묘한 표정으로 입을 열었다. "내가 왜 이 일을 좋아하는지 알
아요?" 거울 속에서 그녀의 눈이 빛났다. "레디메이드가 불
가능하거든요."

사각사각, 가위소리가 들리기 시작했다. "머리칼은 다 달
라요. 개털이랄 만큼 굵고 뻣뻣한 머리, 대책 없이 가는 직
모, 숱도 가르마도 가지각색이죠. 두상과 이마 모양도 그렇
고." 힘없는 머리칼에 뒤통수가 형편없이 절벽인 나는 어깨
가 움츠러든다. "그래도 손님이 원하는 머리를 해야 해요. 동
시에 어울리는 머리를 해야 하고요. 파란 염색? 해달라면 해
야죠. 다만 손상이 적을 방법을 택하는 거, 파란색 중에서도
어떤 염료가 안색과 어울릴지 고르는 거, 그건 내 몫이에요.
주어진 재료, 손님의 요구, 전체적인 조화, 이런 걸 한꺼번에
고려해서 몇 분 만에 판단하고 가위를 들죠. 조마조마하면서
도 멋진 일이에요."

사각사각, 가위소리의 리듬에 맞춰 바닥에 떨어지는 머리

칼을 보며 이번에는 내가 말을 이어받았다. "그렇기만 한가요? 같은 미용사에게 같은 머리를 부탁해도 매번 달라요. 내일이나 모레가 되면 머리는 조금 자라거나 파마가 풀리고요. 머리는 하루도 똑같은 날이 없다는 거, 단 한번도 이 세상에 있어본 적 없는 머리라는 거, 그것도 신기해요."

　가위소리 속에서 그런 이야기를 나눈 지 2주가 지났다. 목덜미를 만져본다. 그사이 제비초리를 따라 자란 머리칼이 손끝에 만져진다. 오직 오늘만의 머리칼이다.

귀신을 업고 있는 자화상

빈센트 반 고흐의 전시회에 갔다가 자화상 한 점에 걸음이 붙들렸다. 그림 옆에는 그 그림을 X선으로 촬영한 사진이 나란히 걸려 있었다. 워낙에 가난했던 이 화가는 자주 캔버스를 재활용했다고 하는데, X선 사진이 보여주는 것은 그림 밑의 숨은 그림, 그러니까 실패한 그림의 윤곽이었다.

나를 붙잡은 것은 그 기묘한 겹침이었다. 자화상 밑에 숨어 있는 것은 긴 머리를 풀어헤친 여자였다. X선으로 현상된 얼룩덜룩한 흑백의 음영 속에서 여자의 흔적이 간신히 드러났다. 흐릿하고 음산해서 차라리 한 맺힌 원혼을 찍은 심령사진 같다는 생각이 들었다.

아닌 게 아니라 그림은 실패했고 그 위에는 반 고흐 자신의 얼굴이 덧입혀졌으니, 희미한 저 여자는 있는 것도 없는 것도 아니다. 있기는 있되 보이지도 만져지지도 않는 존재. 유령과 다를 바 없다. 그림들을 불태워버리지 않는 이상 이 세상에서 연기처럼 사라져버릴 기회도 오지 않을 것이다.

멋대로 그림 제목을 다시 붙여본다. '긴 머리 귀신을 업고 있는 자화상'. 보이지 않는 손이 반 고흐의 어깨를 짚고 있는

것만 같다. 보이지 않는 입술이 반 고흐의 귀에 중얼중얼 속
삭이고 있는 것만 같다. 보이지 않는 여자의 그 속삭임 때문
에, 훗날 그는 자신의 귀를 자를 수밖에 없었던 것은 아닐지.

탈옥

"탈옥을 생각 중이야." M이 말했다. 아이폰 이야기다. 애플 시스템이 폐쇄적이고 강압적이라 못마땅하다고 했다. "탈옥이라는 말 누가 생각해냈나 몰라. 애플 제품들은 확실히 감옥 같은 데가 있어. 허락된 것만 해라, 딴 데는 눈길 주지 마라, 리모델링은 금지. 게다가 몇 겹의 문에 첩첩 자물쇠라니."

아이폰을 사용하는 나는 M의 말에 족족 고개를 끄덕였다. 하지만 탈옥이라니. 모바일 기기에 밝지도 않은 주제에 나가면 뭐 별천지가 펼쳐지나. 귀찮게 탈옥을 궁리하느니 갑갑한 대로 그냥 살지. 함께 있던 J도 비슷한 생각을 한 모양이다. "난 그냥 콩밥 먹고 살래. 콩밥도 맛있다구. 감방이래도 이만하면 넓고 인테리어도 훌륭하지 뭐."

얼마 후 M과 문자를 주고받다가 그때 이야기가 생각나서 물었다. "참, 탈옥은 성공?" ㅠㅠ, 뒤에 M은 이렇게 적었다. "그냥 감옥이나 잘 꾸밀까 싶어." ㅋㅋ, 뒤에 나는 이렇게 적었다. "탈옥폰은 버벅거린대. 돌아오고 싶어졌을 거야."

체코의 작가 프란츠 카프카의 말이 생각났다. 그는 아버지에 대한 자신의 심정적 딜레마를 감옥에 갇힌 죄수의 마음에 비유한 적이 있다. 감옥에서 달아나고 싶은 마음이 간절하지만, 한편으론 감옥을 자신만의 여름별장으로 개조하고 싶기도 하다고. 그 오락가락하는 마음 때문에 어쩔 줄을 모르겠다고. 탈옥에 대한 21세기적 고민을 20세기 초의 죄수가 미리 하고 있었던 것만 같다.

피아노의 외로움

친구 H의 피아노 연주회에 갔다. 입구에 비치된 프로그램을 훑어보니 체르니의 곡이 하나 포함되어 있었다. 작품번호 229. 한 대의 피아노와 여섯 개의 손을 위한 군대행진곡. 여섯 개의 손? 연주회를 많이 다녀보지 않은 터라 그런 곡은 처음이었다. 체르니도 피아노학원 연습곡집으로 유명하니 이름만 귀에 익숙할 따름이었다.

차례가 오자 화려한 드레스를 입은 세 여자가 우르르 나와 인사를 하고 의자에 앉았다. 손가락들이 움직이기 시작했다. 와. 무슨 벌레의 몸통도 아니고 여섯 개의 손이 다닥다닥 올라앉은 건반이라니. 저러다 피아노 줄이 나가버리는 건 아닐까 싶은 마음이 들었던 건 그저 무식한 걱정이었으려나. 어쨌거나 여섯 개의 손에 맡겨져 이쪽 끝 피콜로에서부터 저쪽 끝 바순까지 일당백으로 오케스트라를 소화하는 듯한 피아노 소리를 듣고 있자니 웅장하다기보다는 외롭다는 생각이 앞섰다. 베이스에서 멜로디, 장식음까지 모든 걸 홀로 감당해야 하는 악기. 기댈 곳이 없는 악기.

나중에 우물우물 내 소감을 들은 H는 피로감이 깃든 표정으로 이렇게 말했다. "운 좋았네. 여섯 손이 필요한 그런 곡, 많지도 않지만 연주되는 일은 더더욱 드물어. 왜냐면 말이지." 그러고는 누가 듣는 것도 아닌데 목소리를 낮췄다. "독주가 아니면 연주 실적에 포함시키기 어렵거든. 오늘 같은 친목 연주회에나 간혹 불려나오는 정도야."

내가 맥없이 고개를 끄덕이자 H는 시무룩하게 웃으며 덧붙였다. "이런 데, 나 아니면 올 일 없지? 난 이제 연주자의 길 여기서 접을 거야. 꼬마들이나 가르칠래. 그러니 너는 그런 외로운 곡을 처음이자 마지막으로 들은 걸지도 몰라."

정작 외로운 건 H의 그 미소였다.

어쩌지?

"해욱 씨, 고양이 키워본 적 있어?"

선배가 물었다. 작년 가을이었다.

"아뇨, 왜요?"

선배는 눈을 가늘게 뜨고 커피를 한 모금 마셨다. "아버지가 집 앞에 주차를 하다가 새끼고양이를 치었어. 종일 안절부절 못하다가 슬쩍 가게를 다녀오시더라. 그날부터 아버지는 어미가 어슬렁거리던 마당 한구석에 사료를 놓아두기 시작했어. 그랬더니 새끼를 배고 낳고 배고 낳고 점점 고양이가 늘어나. 늘어나니까 아버지는 사료량을 늘려. 어쩌지? 어쩌지? 하시면서도 그럼 어쩌겠냐는 거야. 그래서 지금 열일곱 마리가 마당에 살아. 어쩌지?"

"그러게요, 어쩌지요?"

공원벤치에 앉아 나른한 이야기에 나른한 추임새를 넣던, 볕 좋은 오후의 대화였다.

며칠 전 선배를 다시 만났다. 나는 안부를 물었다.

"언니, 고양이들은 안녕한가요?"

"아, 걔들." 선배는 빙긋 웃었다. "그게 말야, 어느 날 그

많던 녀석들이 감쪽같이 사라졌어. 갑자기. 모조리. 아버지는 또 어쩌지? 어쩌지? 하며 동네 곳곳을 찾아다녔어. 고양이들에게 진저리를 치던 옆집 여자가 약 먹인 거 아닐까 의심도 하셨지. 날이 또 좀 추운 게 아니었잖아. 그런데 눈이 녹을 무렵, 네 마리가 돌아왔어. 그중 한 녀석은 곧 새끼를 낳을 것 같아. 아버지는 또 어쩌지? 어쩌지? 하면서도 은근히 기뻐하는 눈치시지. 궁금해. 우리 집을 떠나 있던 동안 무슨 일이 있었던 걸까?"

그러게 말이다. 무슨 일이 있었던 걸까. 돌아오지 않은 열세 마리의 겨울도 안녕했을까. 어딘가에서 이 봄을 맞고는 있는 것일까.

독서의 푸가

지하철에 자리를 잡고 소설을 펴들었다. 몇 개의 역을 지날 즈음, 옆에 앉은 여자도 책을 읽고 있다는 사실을 깨달았다. 흘낏 그쪽의 책을 훔쳐보았다. 귀퉁이에 적힌 소제목이 낯익었다. 다시 내 책으로 돌아왔다. 같은 판형. 같은 조판. 펼쳐진 페이지의 가장자리로 드러난 같은 색깔의 표지. 여자와 나는 같은 책을 읽고 있었다.

무슨 이런 우연이 있담. 요즘 누가 지하철에서 책을 읽는가 말이다. 나도 평소에는 스마트폰이나 만지작거리곤 한다. 오늘은 갈 길이 멀어 책을 펴들었을 뿐이다. 그런데 하필 그 많은 책들 중에서도 같은 책이라니.

책을 덮고 가방에 넣을까 잠깐 고민하다가, 그냥 보기로 했다. 멋쩍기도 했지만 근사하다는 생각이 들기도 했다. 옆 사람은 절반 정도를, 나는 삼분의 일 정도를 읽은 상태. 나는 옆 사람이 지나간 세계를, 다른 느낌으로 이제 막 접어들고 있다. 나란히 앉은 채로 옆 사람은 앞에, 나는 뒤에 있는 셈이다. 선율이 선율을 뒤이어 따라가는 돌림곡처럼. 이런 상상도 해본다. 의자에 나란히 앉은 일곱 명이 같은 책을 무릎 위에 놓고 제각각 다른 페이지를 읽고 있다면 어떨까. 마음의 악기들이 연주하는 독서의 푸가일 것만 같다.

옆 사람이 먼저 책을 덮었다. 다음 역에서 내려야 하나 보다. 부스럭부스럭 움직이다가 우리는 눈이 마주쳤다. 따로 또 같이, 하나의 책을 '연주'하고 있었다는 걸 그녀도 알고 있었던가 보다.

속초의 돌

"선물이에요."

어린 친구 J가 돌멩이 두 개를 내밀었다. 작년 이맘때였다. "이게 뭔데?" 나의 얼굴엔 의아함이 묻어 있었을 것이다. J 는 기다렸다는 듯 반갑게 대답했다. "속초에 갔다가 주워 왔어요. 왠지 언니한테 주고 싶어지던걸요?" 속초의 조개껍질이 아닌 속초의 돌. 나는 한 손에 하나씩 알맞게 들어가는 이 엉뚱한 선물이 좋았다. 책꽂이의 빈 칸에 올려두고 속초와 J 를 가끔씩 생각했다.

그사이 여름이 가고 가을이 왔다. 속초의 돌은 내가 놓아둔 자리에서 묵묵했다. 창밖의 잎사귀들이 울긋불긋해지던 어느 날, 나는 문득 여수 앞바다에 이 돌을 던지고 싶다는 생각이 들었다. 왜 하필 여수였는지는, 글쎄다, 속초 앞바다보다는 집에서 가까웠기 때문일까. 어쩌면 그냥 그 이름이 좋았기 때문일지도. 여전히 묵묵한 속초의 돌을 보며 나는 속초와 함께 여수를 떠올려보고는 했다.

다시 가을과 겨울이 가고 봄이 왔다. 여수에 갈 때가 되었구나. 누가 시킨 것도 아닌데 그런 생각이 들었다. 속초라는 지명이 여름처럼 청량하다면 여수라는 지명은 봄바람처럼 부드럽게 다가왔다.

여수에 닿은 건 깊은 밤이었다. 바다를 낀 숙소를 잡고 속초의 돌을 챙겼다. 한쪽에 하나씩, 주머니가 불룩하고 묵직했다. 탁 트인 검은 하늘에는 별들이 총총했고 발밑에서는 검은 파도가 찰박거렸다. 힘껏, 나는 돌을 던졌다. 속초의 돌이 풍덩 여수 앞바다에 잠기는 소리가 들렸다. 낯선 물은 어떤 느낌일까. 가만히 가라앉은 돌을 대신해서 나는 마음이 출렁인 듯도 했고 약간의 소원을 빈 듯도 했다.

동백 하트

여수에서 맞은 아침, 숙소주인이 오동도에 동백이 만개해 있다고 일러주었다. 일 년 중 며칠 안 되는 기간이니 꼭 들러보라고 했다. 추천을 따랐다. 말 그대로였다. 붉은 꽃이 나무에 절반, 바닥에 절반. 겨울에 피는 꽃인 줄 알았더니 그렇지만도 않은가 보았다.

하지만 때마침 잘 왔네, 싶기보다는 겨울 쪽으로 한 호흡 빨라야 했을 텐데, 하는 생각이 먼저 들었다. 동백은 뭐랄까, 색깔에서나 모양에서나 탁하고 처절한 기운이 감돈다. 오래 묵은 한이 터져나온 듯도 하고 누구 말마따나 피를 토한 자국 같기도 하다. 4월의 화사함과는 거리가 먼 것이다.

그런 생각을 해서였을까. 숲길 한쪽에 누군가 남긴 사랑의 흔적을 보고는 움찔했다. 바닥에 떨어진 꽃들을 잔뜩 모아 커다랗고 붉은 하트를 만들어놓았는데, 갸륵한 정성이 분명했건만 풋풋한 첫사랑을 기념하는 표시라기보다는 정념의 환멸 속에서 펄떡거리는 심장처럼 보였다.

슬로베니아 출신 철학자 지젝의 동영상 강의 한 대목이 떠올랐다. 꽃밭에 물을 주며 그는 이렇게 말했다. 나는 꽃들이

역겹다고 생각합니다. 꽃은 식물의 생식기예요. 성기를 드러
내놓고 나비나 벌을 유혹하는 거죠. 꽃에는 미성년자관람불
가 등급을 매겨야 합니다…….

발상의 전환에 따른 재밌는 농담이라고만 흘렸는데, 오늘
은 꽃의 세계를 다른 시각에서 보게 만든다. 오동도 동백의
처연하고 외설스런 기운이야말로 꽃들의 본모습 그대로가
아닐까 하는.

도둑들

대형마트에 갔다. 필요한 것만 사자고 마음먹지만 늘 마음만 먹고 만다. 1+1행사상품들을 이것저것 집어들었더니 역시나 카트 한가득이다. 계산대를 나와 한숨을 쉬며 길고 긴 영수증 품목을 살폈다. 어라? 한 상품이 진열대에 붙어 있던 금액과 달랐다. 확인을 부탁했다. 잠시 후 판매코너 직원이 다가와 죄송하다고 머리를 조아리며 고객센터 쪽으로 나를 데려갔다. 환불절차가 이루어졌고, 고객센터 직원은 오천 원짜리 상품권을 내밀었다. 계산착오 보상차원이라 했다. 좋아라 하며 카드와 상품권을 지갑에 챙겨넣었다. 그때였다. 고객센터 직원과 판매코너 직원이 소곤소곤 주고받는 이야기가 들려왔다.

"지금 오천 원 가져와."

"한번만 봐주면 안 돼?"

"내가 뭔 재주로? 상품권 나갔으니 그 돈 메워야 되잖아."

실수 한 번에 벌금 오천 원이라. 그러니까 내가 받은 상품권이 고스란히 직원의 주머니에서 나온 것이라고? 회사 측에서는 선심 쓰듯 상품권을 내밀고 책임은 직원이 떠맡는다? 이 상품권을 들고 손님은 다시 마트를 찾을 테니 회사 입장에서는 남는 장사이겠고?

문을 나서려다 발길을 돌렸다. 괘씸했다. 상품권을 받지 않으면 직원이 돈을 물어주지 않아도 되냐고 물었다. 그렇다고 했다. 되돌려줄 수 있어서 다행이었다. 나까지 도둑이 될 뻔했다. 도둑이 별건가. 머리에 스타킹을 뒤집어쓴 도둑보다 선심의 가면을 쓴 도둑이 더 무섭다. 이런 소굴은 아예 발길을 끊는 게 상책인데, 쉽지가 않다.

배탈

배탈이 났다. 이틀째 속이 부글거리고 십 분마다 화장실을 들락거렸다. 열이 나고 팔다리가 욱신거렸다. 오후에 중요한 회의가 잡혀 있는데 참석할 수 없다는 연락을 해야 할 듯했다. 하지만 막상 전화기를 손에 드니 고민되는 것이 있었다. 아픈 몸을 이끌고 자리에 나가 의견을 보탤까 말까에 대한 고민이 아니라, 뭐라 말하는 게 좋을까 하는 고민이었다.

배탈이 났다고 해도 되는 건가. 배탈의 어감이라는 게, 어지간히 친숙하고 가볍다. 회의에 빠지고 싶어서 꾀병을 둘러대는 것 같다. 솔직히 회의는 지루하게 늘어지는 때가 다반사라 귀찮은 마음이 웅크리고 있었던 것도 사실이긴 하다. 그럼 어떤 말로 내 상태를 전해야 하지? 토사곽란? 급성장염? 그저 몹시 아프다고 해야 하나?

전화를 하는 대신 문자를 쳤다. 장염이 심해서 오늘 못 나갈 듯합니다. 죄송합니다. 거짓말을 한 것 같아 찜찜한 기분이었는데, 병원에 가니 진짜 장염 진단이 나왔다. 그나마 마음이 가벼워졌다. 배탈 대신 장염이라는 병명을 얻고서야 나의 병은 진중한 상태가 되었다고나 할까.

다만 몸이 느끼기로는 역시 장염이라기보다는 배탈이다. 장염도 위통도 복통도 설사도 아닌, 배탈. 배탈에 정확하게 대응하는 묵직한 한자어가 떠오르지 않아 유감이다. 병원에서 돌아와 이불을 뒤집어쓰고 검색을 해보았다. 영어에도 일본어에도 배탈에 마땅히 해당하는 단어가 없다. 아버지를 아버지라 부르지 못하고 형을 형이라 부르지 못해 홍길동이 서러웠던 것처럼, 배탈을 배탈이라 부르지 못하는 나의 병도 호명 때문에 서럽다.

젖니의 세계

"이모, 나 무섭지?"

조카가 윗니로 아랫입술을 누르고 내 앞으로 얼굴을 바싹 들이밀었다. 앞니 두 개가 빠진 모습이 제 딴에는 송곳니를 삐죽 내민 괴물처럼 보였나 보다. 너무 무서워, 으흐, 하며 눈을 가렸더니 아이가 깔깔 웃는다. 동글동글한 우윳빛 젖니와 이제 막 톱니 모양으로 돋아나는 반투명한 새 이. 아이의 입속이 너무 예뻐서 나도 모르게 깔깔 따라 웃었다.

피터팬이 떠올랐다. 웃으면 젖니가 드러나는 피터. 영원한 아이 피터. 하지만 내가 피터팬에 흠뻑 빠져 있던 시절, 그의 이미지는 아이라기보다는 카리스마 넘치는 소년에 가까웠다. 동화책의 삽화들이 그랬고 뮤지컬과 영화 속 모습들이 그랬다. 그 멋진 피터가 산산조각 난 건 대략 십 년 전. 당시 처음 나온 완역본을 설레는 마음으로 펴들었는데, 카리스마는 개뿔, 웬디에게나 팅커벨에게나 이토록 못돼먹은 꼬마라니 차라리 나는 후크 선장 쪽으로 마음이 기울어 착잡할 지경이었다.

그때 나는 젖니의 나이가 어떤 건지 잘 몰랐다. 젖니의 세계란 아직 인간의 규범이나 예의에 속박되지 않은 작고 연약한 왕의 나라라는 데에 생각이 미치지 못한 것이다. 이제 새이가 하나둘 뾰족뾰족 돋고 있는 조카를 보며, 나는 비로소 피터가 얼마나 작은 아이였는지를 깨닫는다. 젖니가 다 빠진 사람은 피터의 나라 네버랜드에서 무조건 후크 일당이라는 것도. 그러고 보면 나의 네버랜드는 늘 가짜였던 셈이다. 언제나 내가 해적의 편이었다는 것을 인정하게 된 지금에서야 나는 겨우 피터의 땅을 흘끗 엿본 듯한 기분이다.

환생

한 웹사이트를 알게 되었다. 이름만 입력하면 오만 가지 것들을 점쳐주는 농담 사이트다. 그중 며칠째 '환생'이라는 항목에 재미가 들려 있다. 결과가 매일 다르게 나온다. 어제의 나는 다음 생에 연지벌레로 태어나 딸기우유의 색소로 쓰이며 아이들에게 기쁨을 주게 된다고 한다. 오늘의 나는 세상에서 가장 예쁜 빛깔의 멍게로 환생해 자부심을 가지고 살게 된다고 한다. 막 웃음이 나왔다. 이토록 환한 미물이라니. 게다가 하루하루의 다음 생이 다르니 얼마나 오색찬란한 변신인가.

일종의 뻘짓이지만서도 마음이 들떴다. 다시 태어나면 뭐가 되고 싶어? 누구나 그렇듯 이런 질문을 몇 번 받은 적 있다. 나 스스로에게 던진 적도 있다. 가난한 상상력으로 기껏 나는 '어떤 사람'이 되거나 '어떤 나라'에서 태어나고 싶었을 따름이었다. 그런 생각을 한 다음엔 으레 한숨만 나왔다. 이번 삶에서는 이룰 수 없는 헛된 꿈임을 못 박는 셈이었으니까.

다시 태어나면 뭐가 되고 싶어? 지금은 저 장난스런 환생의 세계에 내 꿈의 촉수를 은밀히 들이밀고 싶어진다. 한숨

대신 하루치의 엔돌핀이 돌도록 말이다. 어제의 나는 연지벌레로 태어날 테고 오늘의 나는 멍게로 태어날 테니, 자, 내일의 나로부터 시작해볼까.

내일의 나는 칠레홍학으로 다시 태어나 긴 외다리로 오래오래 서 있는 기술을 익히게 될 것입니다. 모레의 나는 실개천의 플라나리아로 환생해 두 토막으로 잘리며 두 겹의 삶을 살게 될 것입니다. 글피의 나는 토성의 고리를 이루는 하나의 돌멩이로 다음 생을 맞아 지구의 우울한 사람들을 위로해주게 될 것입니다······.

바이크라이더

몇 년 전 출판사에서 급히 사진 한 장을 보내달라는 연락을 해왔다. 파일을 뒤졌지만 마땅한 게 없어 그 무렵 스피드카트 체험장에서 헬멧을 쓰고 찍은 사진을 보냈다. 담당자는 뜨악해했지만 헬멧이 나름 인상적이긴 했던 모양이다. 이후 자주 이런 말을 들었다. "요즘도 오토바이 잘 타고 다녀?" "오토바이는 언제부터 타셨어요?"

지인들은 '잘 지내?'라는 뜻으로, 처음 인사를 나눈 이들은 '만나서 반갑습니다'라는 뜻으로 오토바이 얘기를 꺼냈다. 사진 속 헬멧이 나를 난데없이 '바이크라이더'로 만들어버린 것이다. 난처했다. 지나가는 말에 정색하며 구구절절 설명을 붙이기도 그랬고 가만있기도 그랬다. '오토바이 인사'를 받은 날이면 사진으로 거짓말을 한 것 같아 마음이 불편해지기도 했다.

집에 있는 낡은 스쿠터를 몰아보기로 결심한 건 그 때문이었지 싶다. 요컨대 본말전도. 오토바이를 타기에 헬멧을 쓰고 사진을 찍은 게 아니라, 사진이 나를 오토바이에 올라타게 했달까. 50cc 원동기 등록이 의무화된 탓에 결국 몇 번 시험운전이나 하다 말았지만.

　며칠째 날이 이렇게 환하고 따뜻하니 다시 한번 오토바이
를 타며 바람을 느끼고 싶어진다. 이참에 반짝이는 새 스쿠
터를 사서 번호판을 달고 보험을 들고 제대로 바이크라이더
가 돼볼까. 그런데 역시나 앞뒤가 헷갈린다. 스쿠터를 사고
싶어 이 글을 쓰는 건지, 글을 쓰다 보니 스쿠터가 사고 싶어
진 건지.

소풍 가던 마음

이맘때 봄소풍을 갔던 것으로 기억한다. 점점 여름이 빨라지는 중이니 내가 초등학교를 다녔던 80년대에는 지금만큼 덥지는 않았을지 모른다. 그래도 땡볕 아래를 걷는 일은 힘들었다. 그 시절 소풍이란 몇백 명의 아이들이 근교 유원지까지 한 시간가량 걸어가서 반 대항 게임을 하거나 보물찾기를 하는 것이었다. 싸들고간 김밥은 쉬어터지기 일쑤였고, 돌아오는 길에는 다들 녹초가 되어 있었다. 픽픽 쓰러지는 아이들도 두셋은 꼭 나왔다.

소풍 전날이 되면 나는 두 개의 마음이 왔다 갔다 했다. 날이 화창하여 예정대로 학교를 떠났으면 하는 마음이 한쪽. 어둑한 교실에 앉아 찬합에 가득 든 김밥이나 까먹을 수 있게 비가 내렸으면 하는 마음이 한쪽. 학년이 올라갈수록 마음은 점점 비 오는 하루를 바라는 쪽으로 기울었다.

한창 뜨겁던 지난주 어느 날, 겨우 이십여 분을 걷고 더위에 지쳐버려 오랜 친구인 L에게 이 얘기를 했다. "어머, 나도 그랬는데." 친구가 맞장구를 치고 말을 이었다. "그래서 햇빛이 쨍하면 쨍한 대로 좋았고 비가 오면 오는 대로 좋았어."

"나는 햇빛이 쨍하면 쨍한 대로 실망했고 비가 오면 오는 대로 실망했는데." 친구는 어깨를 으쓱했다. "같은 마음에 다른 색을 칠한 거지 뭐. 그 색깔도……" 뒷말은 내가 가로챘다. "그 색깔도 좋고 이 색깔도 좋다고?" 친구가 하하 웃으며 어떻게 알았냐고 했다.

어떻게 알았냐면,

그게 너의 색깔이니까.

season 3

첫사랑

할머니와 저녁을 먹고 소파에 나란히 앉아 TV를 틀었다. 오사카 시장 하시모토의 '위안부' 망언에 대한 뉴스가 나오고 있었다. 불쑥 궁금증이 일었다. "할머니도 왜정 때 저런 얘기 들었어?" 시골 집성촌에서 자란 할머니는 1928년생으로 올해 여든여섯. 일제 말에는 파릇파릇한 소녀였다.

"아유, 그럼. 어느 날 면서기로 일하던 친척오빠가 동네 처녀애들 불러모으고 하는 말이, 혼삿말 있으면 사내가 다리병신이든 바보천치든 군소리 말고 얼른 가라는 게지? 먼 데로 처녀애들 잡아간다는 소문이 파다하다고." 할머니의 얼굴에 희미한 미소가 번졌다. "싫어! 잡혀가면 갔지 병신하고는 절대 싫어! 우리는 아무것도 모르니까 그렇게 쏘아붙이며 깔깔깔 그랬잖니?"

이어진 할머니의 이야기는 좀 의외였다. 계집애들은 여전히 쩔고 까불었지만 흉흉한 말이 돌자 겁에 질린 어른들은 부리나케 혼사를 서둘렀단다. 그 통에 할머니도 정든 마을을 떠나 시집을 가게 되었다. 만세소리가 들린 건 그로부터 몇 개월 후였다. 그리고 다시 몇 개월 후, 한 청년이 할머니를 찾아왔다.

"예전에 그 사람하고 말이 오가고 있었는데 군인으로 가야 하지 않았겠니? 다녀오면 짝을 지어주겠다고 아버지가 약속했었는데, 처녀애들은 잡아간다지, 전쟁 간 사람은 언제 올지 모르지, 마냥 기다릴 수 있나. 나를 벌써 다른 집으로 보냈다는 말 듣고, 한번은 꼭 다시 보고 싶어서 먼 길 찾아왔다는 거라. 아이구, 얼마나 반갑던지." 반갑기만 했었을까. 그때 할머니의 마음이 어땠을지 상상해본다. '강제동원'의 파장이 발밑에서 찰박거린 첫사랑의 안타까움을.

시골뜨기

트위터를 시작한 지 한 달쯤 된다. 워낙 뒤늦게 끼어든 터라 보따리를 품에 안고 갓 상경한 시골뜨기처럼 정신이 사나웠다. 겨우 삼십여 계정을 팔로잉 해놓고도 타임라인을 따라가기 벅찼으니 말 다했다.

이 '사이버타운'의 공기에 차츰 호흡을 가다듬은 건 약 일주일이 지났을 무렵이었다. 그제서야 주위를 둘러보았다. 희한한 동네라는 생각이 들었다. 누가 몇 시에 일어나고 몇 시쯤 잠드는지 감이 잡혔다. 누가 무슨 밥을 먹는지, 무슨 책을 읽는지, 무슨 드라마를 보는지가 전해졌다. 하늘하늘한 베일이나 두꺼운 복면으로 얼굴을 가린 사람들이 재잘재잘 자신의 생활을 생중계하고 주파수를 조정하며 군락을 이루는 세계. 모든 문이 반쯤 열려 있어 엿보려면 언제든 엿볼 수 있는 세계. 한 귀퉁이에 어정쩡하니 서 있는 나에게는 이 세계가 매력적이기도 하고 외설스럽기도 했다.

그러던 차에 며칠 전 이런 트윗을 읽었다. 시골에서 갓 올라온 청년에게 페이스북이나 트위터를 안 하냐고 물었더니 이렇게 답하더란다. 내가 뭘 먹었는지, 쟤가 어딜 갔는지, 그런 거 가지고 사사건건 입방아 찧는 게 싫어서 도시에 왔는데 왜 새삼 그런 '시골스러운' 걸 해야 하냐고. 피식 웃음이 나왔다. 옆집 앞집 숟가락이 몇 개인지 서로 꿰고 있는 듯한 '시골스러운' 트윗월드에 들어서서 나는 시골뜨기마냥 두리번거리고 있으니 말이다. 먼 길을 돌고 돌아 결국 닿은 이 시골은 저 시골과 얼마큼 떨어져 있는 것일까. 아득한 것도 같고 지척인 것도 같다.

맛의 기록에 대한 상상

작은 축하 모임이었다. 다들 취기가 올라 분위기가 흥성해졌을 즈음 Y가 아껴두었던 포도주를 땄다. 좋은 술은 정신이 말짱할 때 마시는 편이 좋지만, 좋은 술을 통 크게 딸 수 있는 호기는 취해 있을 때야 생기는 법. 어쨌건 맛있다, 맛있다, 우리는 깨방정을 떨며 한 병을 금세 비웠다.

잠시 후 빈 병을 몽롱한 눈으로 보며 '이런 건 무슨 맛이지?'라고 중얼거린 게 누구였는지는 정확하게 기억나지 않는다. '이제 이 세상에는 없는 맛이야'라고 재치있게 말을 받은 건 또 누구였더라. 무슨 맛인지 알아주는 사람이 마셨으면 이 포도주는 더 기뻤을 텐데, 라고 덧붙인 건 나였던 것 같기도 하고 아닌 것 같기도 하다.

다음날 나는 토막토막 떠오르는 잡담과 어제의 맛을 되살려보려고 애쓰며 이런 생각을 했다. 소리를 기록하는 녹음기나 이미지를 기록하는 사진기처럼 맛을 기록하는 기계도 있으면 좋을 텐데. 그래서 녹미錄味 테이프 같은 걸 만드는 거다. 같은 음식이라도 너의 맛과 나의 맛을, 어제의 맛과 오늘의 맛을 다 다르게 담을 수 있는 테이프.

가령 임진왜란 때 피난 갔던 임금님이 맛본 은어의 맛. 그러면 은어가 수라상의 진수성찬에 묻혀 다시 도루묵이 될 리는 없겠지? 또 이등병 신참이 군대에서 처음 배급받은 오리온 초코파이의 맛. 그 초코파이는 특별히 더 달콤할 테니까. 또 계란 입힌 밀가루소세지의 1980년대 초등학생 맛. 또 유년의 아버지가 처음 먹어본 흰 쌀밥과 고깃국의 맛. 또 어제 마신 포도주의 맛⋯⋯.

지름길

집에서 광주역까지는 걸어서 이십 분 거리다. 걷기에는 좀 멀다 싶어 열차를 타야 할 땐 택시를 이용할 때가 많다. 택시로는 오 분. 하지만 말이 오 분이지 역시 이십 분 거리다. 집에서 도로까지 나와야 하고, 빈 택시를 기다려야 하고, 또 길이 막히는 경우도 감안해야 하니까.

따져보면 걷는 편이 여러모로 낫다. 택시가 안 잡혀 발을 구르는 일도 없고 길이 막혀 미터기만 빤히 들여다보지 않아도 된다. 일찍 도착해 대합실에서 멍하니 기다릴 필요도 없다. 그날의 날씨와 함께 슬렁슬렁 걸어서, 혹은 운동 삼아 약간 숨이 찬 속도로 걸어서, 플랫폼을 통과해 바로 열차에 오르면 된다.

그런데도 왜 굳이 택시 쪽을 택하는 걸까. 이유야 항상 많다. 가방이 무겁네, 신발이 운동화가 아니네, 등등 핑곗거리를 만든다. 하지만 진짜 이유는, 이 길을 목적지에 닿기 위한 물리적 거리 이상으로 여기지 않기 때문일 것이다. 택시가 더 빠른 게 아닌데도 빠르다는 환상을 가지고 있기 때문일 것이다.

빠름에 대한 환상을 걷어내면 길은 내게 진짜 지름길을 일러준다. 진짜 지름길이란 다만 질러가는 길이 아니라, 질러감으로써 내밀하고 충만해지는 길이다. 닿아야 할 곳에 나를 데려다주되 조급하게 미리 마음만 가닿지 않도록 몸과 마음의 시야를 함께 틔어주는 길이다. 걷든 버스를 타든 진짜 지름길로 접어들 수만 있다면 좋을 텐데, 그런 길을 발견하고도 굳이 '빠른 길'로 에둘러가는 이 아둔함을 어째야 좋을지 모르겠다.

복기하는 시간

작업 중이던 문서 몇 개가 온데간데없이 사라졌다. 종일 폴더들을 뒤지고 지식인에 올라온 해법을 동원하고 복구프로그램을 돌려봐도 소용이 없었다. 머리가 뜨거웠다. 화가 났다. 실은 일 년에 두어 번은 꼭 일어나는 일이니 불찰이랄 수밖에 없다. 사고가 터진 직후 며칠간은 꼬박꼬박 백업파일을 만들다가 얼마 못 가 마음이 느슨해진다. 설마 무슨 일 있겠어? 무슨 일이 없으리라 지레 믿는 그 순간, 꼭 무슨 일이 생기고 만다.

결국 문서를 그대로 되살리겠다는 욕심을 버리고 기억에 의지하기로 했다. 일단 당장 보내야 할 원고를 다시 쓰고, 잃어버린 파일 속의 잃어버린 문장과 구절 들을 떠오르는 대로 되살려보았다. 엉성한 복기였다. 잡힐 듯 잡히지 않는 생각의 흐름이 야속했다. 막힌 그 자리에서 샛길을 트는 새로운 문장은, 조금 기특했다고 해두자. 어쩌면 나는 새로 난 샛길 덕에 애초 쓰려던 것과는 한참 다른 글을 쓰게 될지도 모른다.

어쨌든 당분간은 또 애쓴 원고들을 통째로 날리지 않을까

노심초사할 것 같다. 백업파일을 열심히 만들고 웹하드에도 신중히 올려둘 것이며 백신프로그램 역시 부지런히 구동시킬 것이다. 편리한 디지털 파일이지만 삭제되면 흔적도 없고 퍼지기 시작하면 손쓸 도리가 없으니 이래저래 불안하다. 그러다가 무더위가 끝날 즈음엔 방심이 찾아올 테고, 방심의 틈을 타 어느 날 다시 불상사가 닥치겠지. 망연자실의 끝에서 잃어버린 문장들을 더듬다가 뜻밖의 샛길로 접어들면, 거긴 또 어디쯤일까. 때 이른 근심 사이로 슬며시 설렘이 밀려온다.

귀를 기울이면

친구 몇 명과 짧은 여행을 다녀왔다. 대숲을 걷고 호숫가에서 물수제비를 떴다. 소도시의 읍내에서 장을 보고 바다에 닿아 해변을 어슬렁거렸다. 우리의 손에는 제각각 카메라가 들려 있었다. 그리고 일행의 막내였던 S의 손에는 손바닥만 한 녹음기가 들려 있었다. "소리를 모으는 거야?" 내가 묻자 S가 차분하게 대답했다. "저는 사진을 찍어 이미지를 남기고 싶기보다는 그 순간 그곳의 소리를 따고 싶은 마음이 앞서요."

우리는 숙소에 짐을 풀고 테이블에 둘러앉아 맥주를 마시며 S가 채집한 소리들을 들었다. 대숲이 바람에 흔들리는 소리. 해변의 자갈들이 다글다글 파도에 쓸려가는 소리. 처마 밑 풍경소리. 지나간 시간, 지나온 장소의 소리들. 사진을 찍 듯 내 삶의 어떤 순간들도 소리로 남겨두었더라면 좋았을 텐데. S처럼 녹음기를 들고 다닐 일은 없을 것 같지만, 앞으론 내가 머무는 세계의 소리에 귀를 깊이 기울이게 될지 모른다는 예감이 들었다.

그날 밤은 잠을 쉽게 이루지 못했다. 자리가 설었기 때문일 것이다. 이불 속에서 이리저리 몸을 뒤채는 사이, 창밖으로 부옇게 하늘이 밝았다. 파도가 가볍게 찰싹였고 갈매기들이 끼룩끼룩 울었다. 아. 바닷가의 아침에는 이런 소리가 들리는구나. 그제서야 가만히 잠이 밀려왔다. 모로 누워 몸을 둥그렇게 말고 있는 나의 이 순간을, 베개 밑으로 스르르 잠겨드는 나의 몽롱한 머리를, 아침 갈매기들의 소리로 기억해두고 싶었다.

헨젤과 그레텔

빵집에 들렀다. 빵을 고르고 있던 몇 명의 손님 중에는 금발
의 외국인 남녀가 섞여 있었다. 단박에 눈길을 끄는 한 쌍이
었다. 똑같이 환한 머리칼. 얼굴과 팔뚝의 주근깨. 후리후리
한 키. 남매가 아닐까 싶었다.

내가 청년의 하반신을 본 건 그들이 빵쟁반을 들고 진열대
에서 카운터로 옮겨갈 때였다. 반바지 아래로 왼쪽은 털이
숭숭 난 하얀 다리가, 오른쪽은 가늘게 빛나는 강철다리가
드러났다. 양발의 스니커즈는 큼직하고 경쾌했다. 동행의 여
자가 지갑 속의 동전을 손바닥에 한 움큼 올려놓고 직원에게
계산을 맡기는 동안, 그는 팔짱을 끼고 유리문 밖의 거리에
무심히 시선을 던졌다. 와. 멋지다. 청년의 당당한 의족은 보
행을 위한 보조도구가 아니라 사이보그 스타일의 장신구처
럼 보였다.

빵집을 나오는데 쿠키 코너에 있는 사람 모양의 과자가 눈
에 들어왔다. 문득《헨젤과 그레텔》을 멋대로 각색하고 싶은
마음이 솟구쳤다. 마녀는 헨젤에게 마법을 걸어 쿠키로 만든
다음 오빠 헨젤을 찾아 헤매는 그레텔에게 그 쿠키가 담긴 접

시를 내민다. 허기진 그레텔은 쿠키의 다리 부분을 한입 베어 무는데, 순간 오빠가 너무 그리워 목이 멘다. 쿠키에서 오빠의 냄새가 난 것이다. 우여곡절 끝에 그레텔은 오빠와 함께 마녀의 손아귀에서 벗어날 방법을 알아내고, 한쪽 다리를 잃은 채 마법에서 풀려난 헨젤은 천사로부터 강철다리를 선물받는다는, 뭐 그런 이야기……

열대야

덥다. 덥고 습해서 어쩔 줄 모르는 밤이 벌써 며칠째인지 모르겠다. 창문을 열어두면 바깥의 소음이 잠을 방해하고 창문을 닫고 누우면 숨이 턱턱 막혀 자다 깨다를 반복한다. 머리맡에서는 모기가 앵앵거린다. 물려서 가려운 것보다도 그 소리가 더 신경을 긁어댄다. 배도 싸륵싸륵 아프다. 매일 냉면이나 맥주, 아이스크림 같은 찬 음식을 달고 사니 도리가 없다.

열대야. 이런 밤을 열대야라 하지. 억지 잠을 청하며 몇 번 되뇌어본다. 열대야란 최저기온이 25℃ 이하로 내려가지 않는 밤을 가리킨다. 하지만 사전적인 뜻과는 상관없이, '열대야'라고 발음하면 엉뚱하게도 열대과일들이 떠오르곤 한다. 파인애플. 바나나. 망고. 람부탄. 두리안. 불타는 단맛과 기괴한 생김새를 지닌 이국의 과일들. 이런 과일들이 주렁주렁 달린 알록달록한 풍경을 머릿속에 그려본다. 상상의 시야를 살짝 바꾸면 집 앞 과일가게도 나온다. 파인애플과 바나나 옆에 탐스럽게 놓인 복숭아와 포도송이들. 과일가게 좌판이란 무릇 한여름의 가장 아름다운 포인트가 아니던가. 참. 새

파란 아오리 사과도 나왔지. 내일은 아오리를 사먹어야겠다.

이렇듯 후덥지근한 밤에서 아오리까지 건너오고 나면, '열대야'라는 말은 어쩐지 불쾌감을 청량감으로 둔갑시키는 마법의 단어 같다는 생각도 든다. 이열치열, 열은 열로써 다스린다 했던가. 나로서는 열대야의 무더위를 열대야의 밝고 환한 '어감'으로 다스리는 것이 요즘의 피서법이다.

블랙박스

새벽녘, 늦은 술자리를 나와 택시를 탔다. 차창 밖으로 빠르게 스쳐가는 불빛들을 멍하니 보고 있자니 졸음이 밀려왔다. 그때 택시기사가 말을 걸었다. "여기 재밌는 게 들어 있어요." 그는 룸미러 옆에 붙은 블랙박스를 가리켰다. 재밌는 거? 기껏해야 취객들의 싸움이겠지 뭐. 나는 말을 섞고 싶은 기분이 아니라 다시 창밖으로 고개를 돌렸다.

내 시큰둥한 반응에도 불구하고 그는 말을 이었다. "개가 있었어요. 양화대교예요." 그제서야 나는 룸미러에 비친 그의 얼굴을 쳐다보았다. "집에서 곱게 키우는 개였어요. 그런 개가, 차도를 횡단하는 게 아니라 차들과 나란히 달리는 거예요. 몸짓도 작은 주제에 말이죠. 깜빡이를 켜듯 왼쪽 오른쪽을 살피며 차선도 자꾸 바꾸더라고요. 다들 난리가 났죠. 비상등을 켜고 클랙슨을 누르고. 웃기면서도 신경이 많이 쓰였어요. 타고 있던 손님 셋이 바빠 보였거든요."

신호등이 떨어지자 그는 잠시 말을 멈췄다. 이번에는 내가 뒷이야기를 재촉했다. "그래서 어떻게 됐는데요?" "나는 노들길로 접어들어야 했는데, 그 녀석도 그러는 거예요. 허 참.

시내였으면 차에서 내려서라도 보도블록 쪽으로 쫓아버렸을 텐데. 그런데 이 킬로는 족히 같은 방향으로 달리던 녀석이 별안간 중앙분리대를 건너가지 뭐예요. 휴. 다행이라고 생각하는 순간, 끼이익하는 소리가 들렸어요. 급브레이크를 밟는 소리 같기도 했고 녀석의 비명이었던 것도 같고. 그 소리가 계속 마음에 걸려요."

나는 잠시 후 입을 열었다. "죽었을까요?" 택시기사가 다시 블랙박스를 가리켰다. "모르겠어요. 하지만 그 녀석, 여기들어 있긴 하거든요. 이런 기분은 뭐라 해야 할까요?"

아름다운 공

"캬, 아름다운 공이네."

식당에서 밥을 먹고 있는데 한 남자가 탄성을 질렀다. TV에서는 야구를 중계하고 있었다. 그와 동행이던 여자가 물었다. "뭐가 그렇게 아름다운데?" "그림 같은 곡선으로 날아가 스트라이크존에 아슬아슬하게 걸리잖아. 짜릿해."

설명하는 남자의 들뜬 표정이 인상적이었다. 나는 남자의 말을 메모해두었다. 요즘 시들이 난해하다는 말을 자주 듣던 터라 기회가 되면 '아름다운 공'을 화두 삼아 이야기를 풀어 나갈 수 있겠다는 생각이 든 까닭이다.

마침 얼마 후 시 강의를 할 일이 있었고, 예의 '난해함'에 대한 질문을 받았다. 나는 이렇게 답했다. 시인과 독자의 관계는 투수와 타자 같은 게 아니겠냐고. 투수의 입장에서 한가운데로 들어가는 공은 실투. 한참 벗어나는 공은 볼. 구석으로 꽉 차게 들어가는 공이라야 비로소 아름답지 않겠냐고. 한가운데로 몰려 타자로 하여금 방망이를 크게 휘두르게 하는 공이 쉽게 읽히는 시라면, 아슬아슬 구석으로 들어가 칠까 말까 타자를 움찔하게 만드는 공이 어렵고 아리송하게 느껴지는 시일지 모른다고. 투수에게 제구력이 필요하고 타자에게 선구안이 필요하듯 시인에게도 시적 제구력이 필요하고 독자에게도 시적 선구안이 필요할 거라고.

적절한 비유라 생각하며 내 말에 스스로 취해 으쓱해진 나를 퍼뜩 깨워준 건 뒤이은 질문이었다. "그런데요, 한가운데로 들어가는 돌직구도 아름답지 않나요? 쉽지만 묵직해서 함부로 대할 수 없는 것들이요."

그렇기도 하겠구나. 묵직하게 한가운데를 건드리는 것들. 아슬아슬 가장자리를 건드리는 것들. 쉬운 아름다움과 어려운 아름다움에 대해, 하나의 비유로 딱 떨어질 수 없는 아름다움의 스펙트럼에 대해, 생각이 깊어지는 시간이었다.

시간화폐

장을 보러 갔다. 깜짝세일 코너에서 부추 한 단을 100원에 팔고 있었다. 100원이면 거저잖아? 비도 추적추적 오는데 부추전이나 해먹을까 싶어 물량이 동나기 전 얼른 장바구니에 넣었다. 그런데 웬걸. 집에 돌아와 도마에 풀어놓고 보니 상태가 엉망이다. 싼 게 비지떡이라 투덜거리며 시들고 물크러진 끝을 다듬는 데만 족히 한 시간. 제값으로 진열되었던 부추가 한 단에 2000원이었으니, 나의 한 시간이 1900원짜리 떨이가 된 것 같아 속이 쓰렸다.

순간 헛웃음이 나왔다. 일상의 사소한 우연으로 빚어진 잠깐의 시간조차 돈으로 환산하고 있으니 말이다. 비단 부추를 다듬을 때뿐이겠는가. 언젠가 시간 자체가 화폐로 통용되는 미래를 다룬 SF영화를 본 적이 있다. 그 세계에서는 커피 한 잔에 4분, 버스 요금으로는 2시간을 지불한다. 하루 꼬박 일하면 30시간이라는 급여를 받고, 도박으로 왕창 시간을 따면 앞으로 남은 수명이 500년으로 늘어난다. '시간은 돈'이라는 차갑고 얄팍한 격언을 극단적으로 밀어붙인 가상세계려니 했는데, 생각해보면 이미 내가 그 세계 속을 살고 있는 것인지도 모르겠다.

증권사에서 승승장구하던 한 친구가 술김에 넋두리했던 말이 떠오른다. 밥 먹는 시간도 아깝고 너랑 이렇게 노닥거리는 시간도 아까워. 잠자는 시간도 아깝더니 결국 불면증이야. 자는 동안 기껏 쌓은 실적을 까먹는 것 같아 잠도 안 온다니까…… 부추전을 한 장 두 장 부치고 있자니 문득 그 친구의 안부가 궁금해진다.

머저리와 예술가

첼로를 배우는 한 젊은이가 있었다. 그는 우연찮게 거장 파블로 카잘스 앞에서 몇 소절 연주할 기회를 얻는다. 실망스럽게도 연주는 개판이었다. 자신이 듣기에도 그랬다. 하지만 더 실망스러운 건 거장의 반응이었다. 멋진 연주라며 칭찬을 해주었던 것이다. 젊은이는 그가 건성으로 흘려듣고 입에 발린 말을 하는 거라 판단했다.

시간이 흘러 젊은이는 프로연주자가 되었다. 그리고 다시 한번 카잘스를 만나게 된다. 그는 솔직히 말했다. 오래전 당신이 무턱대고 칭찬해주어서 실망했었다고. 그 말을 듣자 거장은 버럭 화를 내며 바로 악기를 들어 연주한다. '개판'이었던 그 몇 소절이었다. "맞아. 다 엉망이었어. 하지만 당신의 핑거링만은 끝내줬어. 눈에 불을 켜고 실수나 찾아대는 건 머저리들이나 하라 그래! 하나의 아름다움만 찾을 수 있으면 어떤 연주라도 멋진 거야!"

〈마지막 4중주〉라는 영화에서 파킨슨병에 걸린 늙은 첼리스트가 학생들에게 들려준 자신의 경험담이다. 카잘스의 일갈이 가슴을 치고 간다. 사람을 만날 때도, 책을 읽을 때도,

완전무결함에 반하는 경우는 거의 없다. 어떤 작품에도 어떤 사람에게도 흠은 있게 마련이다. 문제는 흠이 아니라, 흠을 낱낱이 들추는 동안 나 자신이 흠에 사로잡힌 '머저리'가 된다는 거. 어디에나 흠이 있듯 어떤 흠도 희미한 빛을 품고 있다. 엉성함과 촌스러움과 상스러움과 난잡함의 이면에서 그 빛을 발견하는 순간, 빛은 대상에 귀속되는 데 머물지 않고 찾은 사람에게도 와닿는다. 파블로 카잘스가 위대한 예술가가 될 수 있었던 것도 그 빛 때문이 아니었을까.

꽃 장식

중국집에 들어가 짜장면을 시켰다. 손님이 없는 늦은 오후라 문은 활짝 열려 있고 에어컨 대신 낡은 벽걸이 선풍기가 탈탈거리며 돌아가고 있었다. 나는 TV가 보이는 테이블에 자리를 잡았다. 짜장면을 내준 주인도 주방에서 주섬주섬 일거리를 챙겨와 옆 테이블에 앉았다. 준비물은 쟁반과 칼과 무였다. TV에 눈을 고정한 채 그는 빠르게 손을 놀리기 시작했다. 무를 토막 낸 후 쓱싹쓱싹 칼집을 몇 번 넣자 금세 꽃 한 송이가 만들어졌다. 오호라. 탕수육이나 팔보채 같은 요리에 올라갈 장식이로구나. 감탄이 절로 나왔다. 얼마쯤 단련해야 저런 솜씨를 얻게 되는 걸까.

옷에 검은 소스가 튀는 것도 모르고 주인의 능란한 손놀림을 흘끗거리고 있자니 그동안 내가 배달시켜 먹었던 탕수육 접시들에 생각이 미쳤다. 그 꽃 장식들을 어떻게 했더라. 모르겠다. 기억에 없는 걸 보면 되는대로 음식물 쓰레기에 섞어 버렸나 보다. 이제 와서 그 무심함이 딱히 마음에 걸리는 건 아니다. 버리지 않으면 어쨌겠는가. 먹기라도 했을까. 무슨 대단한 조각품인 듯 탁자에 모셔두고 감상이라도 했을까.

다만 모종의 유감이 스쳐가긴 한다. 저 꽃은 눈길을 얻지 못한다. 눈 따로 손 따로, 주인장은 자신이 피우고 있는 꽃이 아니라 TV 속의 유재석을 보고 있다. 상에 오른 후에도 꽃은 눈길을 끌지 못할 것이다. 젓가락에 이리저리 채이다가 뜨물통에나 처박히겠지. 무심함 속에서 만들어져 무심함 속으로 가는 꽃. 그래도 꽃이랄 수밖에 없는 꽃이, 저기 있다. 수선스럽게 혹은 흐뭇하게 둘러앉은 이들의 한 끼를 잠시 단장하기 위해.

인어 이야기

수족관에 갔다. 바다표범 앞에 한참을 서 있었다. 수족관의 바다표범은 동물원의 바다표범과는 사뭇 다른 느낌을 준다. 동물원의 철망이 일종의 감금장치라면 수족관의 유리는 삶의 조건이 달라지는 경계이기 때문일 테다. 이쪽 존재들은 공기 속에, 저쪽 존재들은 물속에 있다. 우리는 결코 같은 세계를 살아갈 수 없구나. 유리벽 앞에서는 이 근본적인 '다름'을 체험하게 된다.

바다표범은 물속에서 주로 살지만 사람과 마찬가지로 포유류이며 폐로 숨을 쉰다. 그 육중한 몸통에 달린 것들을 지느러미라 해야 할지 손발이라 해야 할지 모르겠다. 물고기들과 함께 있는 수족관이니 아무래도 지느러미라 부르고 싶기는 하다. 그러나 꼬리지느러미랄 것들은 확연히 두 갈래로 갈라져 있다. 가만 살피면 가랑이에서 뻗어나온 사람의 다리 같다. 가슴지느러미랄 것들은 다섯 갈래의 뼈로 이루어져 있다. 손바닥에 붙은 다섯 손가락처럼 보인다. 이도저도 아닌 그 어중간한 것들로 바다표범은 빙글빙글 물속에서 몸통을 돌리며 헤엄치다가 유리벽 바깥의 나를 도도하게 쳐다본다.

그쪽은 살 만하니? 묻는 것처럼. 그 표정을 보고 흠칫 놀랐다. 그랬구나. 진짜 인어가 여기 있었구나.

안데르센의 인어는 상체가 인간이고 하체는 물고기다. 르네 마그리트의 인어는 상체가 물고기고 하체는 인간이다. 사람의 상상력이란 게 반반 잘라서 뒤섞길 좋아한다. 하지만 먼 미래에 오염된 육지를 피해 해저도시가 건설된다면, 그곳엔 바다표범처럼 생긴 인어들이 살고 있지 않을까. 물속이라는 환경에 맞게 진화한 인간들 말이다. 수족관의 바다표범은 미래에서 파견된 메신저일지도 모른다.

여름의 끝

정오 무렵이었다. 나는 선글라스를 끼고 십 분 거리의 버스 정류장을 향해 걷고 있었다. 날은 뜨겁고 살갗은 끈적했으며 발밑의 그림자는 짧고 짙었다. 순간 팔에 바람이 스르르 닿았다. 이게 뭐지?

걸음을 멈추고 주위를 둘러보았다. 아. 여름의 끝이구나. 햇살도 매미소리도 아스팔트의 열기도 전날과 다를 바 없었지만, 분명히 알 수 있었다. 가벼운 현기증이 일었다. 꿈틀거리며 몸과 마음을 습격하던 여름은 서서히 물러가는 대신 늘 이렇게 갑자기 끝난다. 잘 드는 칼로 싹둑 잘라낸 것처럼. 그 단면에는 뜨거운 무늬들이 굽이친다. 물과 기름이 섞이지 않아 마블링 무늬를 만들듯 여름과 가을도 섞이지 않아 이 계절의 무늬를 만들어낸다. 여름의 끝은 가을의 시작이 아니다. 여름의 끝은 그저 끝일 뿐, 어디로도 이어지지 않는다.

그날 밤은 팔이 서늘하여 잠결에 이불을 끌어당겼다. 안도감이 밀려왔다. 무더위와 씨름하느라 이불을 발치 쪽으로 걷어버린 것이 벌써 며칠째였는지 모르겠다. 내게 여름의 끝은 잠든 몸을 이불자락으로 덮는 것이 얼마나 안심되는 일인지 깨닫는 잠깐의 시간이기도 하다. 이불자락이 아니라면 겉옷을 벗어서라도, 그도 여의치 않다면 신문지라도 덮고서야 잠든 몸은 사람의 몸으로 유지되는 게 아닐까. 이불을 덮을 수 없던 길고 긴 여름의 밤에 나의 잠든 몸은 고양이나 늑대로 변해 있지는 않았을지. 이제는 잠 속에서도 사람의 삶을 이어갈 시간이다. 사람으로 태어나 이불을 덮고 잘 수 있다는 사실이 은총처럼 여겨지는 시간, 여름의 끝이다.

끝물 가지

아파트 후문에 제철 채소 몇 종류를 늘어놓고 파는 할머니에게서 가지 열두 개를 사온 것이 열흘 전쯤이었다. 보통은 식재료를 이렇게 많이씩 사지는 않는다. 식구는 둘뿐이고 집을 비울 때가 많은데다 요리를 즐기는 편도 아니니까. 솔직히 물컹하게 씹히는 가지를 썩 좋아하지도 않는다. 그러니 막상 집에 들고와서는 한숨만 나올 뿐이었다. 이걸 다 어쩌려고? 끝물이 더 맛있다며 비닐봉지에 자꾸 넣어준 할머니도 할머니였지만, 반질반질 윤이 나는 가지의 짙은 보라색에 잠깐 정신이 팔렸던 게 분명하다.

어쨌든 부지런히 가지로 음식을 만들었다. 하루는 쪄서 국간장과 참깨로 무쳤고 하루는 굴소스와 케첩을 넣고 돼지고기와 함께 볶았다. 소금만 뿌려 그릴에 굽기도 했고 모짜렐라 치즈를 올려 굽기도 했다. 맛은 둘째 치고 냉장고에 남은 가지의 수가 줄어들 때마다 안심, 안심.

그러다 남은 네 개 중 두 개를 꺼내 볶으며 드디어 끝이 보이는구나 뿌듯해하던 어제 저녁, 비로소 내가 가지와 친해졌다는 것을 알 수 있었다. 그래. 가지에는 여름의 향이 배어 있구나. 가지의 식감이란 물컹한 게 아니라 살캉한 거구나. 또 익힌 가지의 튀튀한 색깔보다 흰 그릇에 남은 보라색 얼룩에 먼저 눈이 간다. 따로 남겨두고 싶을 만큼 고운 무늬.

이제 딱 두 개 남았다. 오늘 저녁엔 어떤 가지요리를 해볼까. 떠나가는 올여름을 위한 송별 식탁이 될 것 같다.

season 4

영혼의 어떤 흔적

지난가을이었다. 베란다 귀퉁이에서 나방을 발견했다. 나방은 흰 날개를 세모꼴로 펴고 회벽에 붙어 있었다. 잡을까 쫓아낼까 망설이다 창문만 열어두고 방으로 들어왔다. 알아서 날아가려니 했다. 다음날 다시 베란다에 나가 보았다. 어라. 그 자리 그대로였다. 간밤에 죽은 모양이구나. 대뜸 치울 생각이 들지 않아 바닥에 떨어질 때를 기다려 빗자루로 쓸어 담기로 했다. 그래봤자 하루나 이틀 후일 것이었다.

예상과 달리 죽은 나방은 일주일이 지나도록 벽에 꼼짝없이 붙어 있었다. 양지바른 무덤이라도 찾은 것처럼. 처음 얼마간은 매일 나방의 상태를 확인했지만, 유별난 관심이 오래 가지는 않았다. 나방은 으레 거기 있었고 나는 으레 여기 있었다. 미물의 날개와 더듬이는 점차 말라갔다. 가끔은 벽에 딸린 입체무늬 같다는 생각도 들었다. 그렇게 혹독한 겨울이 가고 짧은 봄이 가고 긴 장마가 왔다. 죽은 나방은 우리 집의 일부가 되어가고 있었다.

마음 한쪽이 짠해진 건 며칠 전이었다. 건조대에 널어놓은 빨래가 쉬이 마르지 않아 베란다에서 한숨을 쉬다가 벽이 허

전하다는 걸 깨달았다. 나방은 타일바닥에 떨어져 있었다. 쭈그리고 앉아 골똘히 바라보았다. 바스라지기 직전의 낙엽처럼 가볍고 아슬아슬했다. 이제 빗자루로 쓸어 담아 치울 차례였지만, 그래도 우리는 근 일 년을 함께 지낸 처지 아닌가. 액세서리를 넣어두던 작은 상자 하나를 비워 나방의 시체를 담았다. 한 쌍의 새까만 눈이 보였다. 영혼의 흔적일지도 몰랐다.

어제 또 어제

초등학교 6학년인 조카가 예전에 어린이집을 다닐 때였다. "생일은 왜 일 년에 하루인 거예요? 한 달에 한 번이면 안 돼요?" 생일을 앞두고 우리 집에 놀러온 아이가 연신 종알거렸다. 나는 멋진 대답을 해주고 싶었다. "지구가 태양을 도는데 말이야……" 아이가 이내 눈을 반짝였지만 뒷말이 떠오르지 않았다. 다시 다시. "봄에서 다음 봄이 되려면 말이야……" 다시 다시. "나무에 나이테가 있는데 말이야…… 어…… 그런데 말이야……"

결국 나는 이렇게 털어놓는 수밖에 없었다.

"그러게. 왜 생일은 일 년에 하루뿐이지?"

설명은커녕 나도 조카를 따라 궁금해지고 말았다. 우리의 탄생은 왜 일 년 단위로 하루만 기념되어야 하는 걸까. 가령 달이 차고 기우는 걸 기준으로 한다면 한 달에 한 번일 텐데. 날씨를 따라 챙긴다면 일 년 중 며칠이 이어질 수도 있겠지. 조카의 물음이 딱딱하게 굳은 내 머릿속의 시간에 용해액을 떨어뜨려놓았다.

얼마 전에는 지금 어린이집을 다니고 있는 다른 조카가 팔을 잡아끌며 이렇게 말했다. "이모, 어제 장난감 사준다고 했잖아……" 어제? 어제는 같이 있지도 않았는데? 아이 엄마인 동생이 웃으며 뜻을 풀어주었다. "애는 지난간 일을 모두 '어제'라고 말해. 한 달 전도 어제, 오늘 아침도 어제, 어제도 어제야."

그러고 보니 지난겨울 떼쓰는 아이를 달래려고 장난감을 사주겠다고 했던 일이 기억났다. 어제도 어제, 지난겨울도 어제라. 지나간 일들이 생기를 잃지 않고 '어제' 속에 옹기종기 모여 있다고 생각하니, 등이 따뜻한 것도 같고 가려운 것도 같았다.

비밀

Y를 만난 건 그날이 두 번째였다. 한 낭독회 자리에서 그녀는 내 바로 앞에 앉아 있었다. 질끈 묶은 머리 아래로 목덜미가 드러났다. 오른쪽 귀 바로 아래에 '2011. ○. ○.'이라 새겨 넣은 파란 타투가 보였다.

낭독회가 끝난 후 Y와 잠시 이야기를 나눌 기회가 생겼다. 귀 뒤에 새긴 날짜가 무슨 날이었냐고 물으려다 입을 다물었다. 함부로 말하고 싶지 않은 사연이면 어쩌지? 겨우 안면이나 튼 사이에 내밀할 수도 있는 질문을 던지는 것은 실례일지도 모를 일이었다. 하지만 이런저런 소소한 이야기를 나누다 보니 입속에서 머뭇머뭇하던 호기심이 그예 밖으로 튀어나왔다. Y는 나의 망설임이 무색할 만큼 가볍게 대답했다. "몹시 아팠던 날이에요." 그녀는 하하 웃은 다음 덧붙였다. "오늘은 그렇게 말하고 싶고요, 기분에 따라 매번 다른 날이 돼요. 언젠가는 딸 생일이라 말한 적도 있어요. 없는 딸도 막 만들어내요."

질문을 피하지 않으면서 비밀을 이렇게 멋지게 간직하다니 우문에 현답이 따로 없다. 얇은 베일에 가려진 것처럼 Y의

이 년 전 하루는 타인의 시선을 잡아끌면서도 그녀의 마음속에만 머물러 있었다. 그날의 나는 무엇을 하고 있었을까. 집에 돌아와 일기를 뒤져 보았다. 그 전날에도 다음날에도 뭐라 뭐라 적어둔 것이 있는데 그날만은 비어 있다. 특별한 일 없이 흘려버린 하루였을 가능성이 크지만, 나조차도 모르는 나만의 비밀이 어딘가에 숨어 있는 것 같기도 했다.

이름의 규격

"아들을 낳았어요." 회식 중 동료 N이 쑥스럽게 근황을 전했다. 프로젝트를 마무리하는 모임이었던 터라 다들 홀가분한 기분이었고, N의 득남 소식은 자리의 흥을 한층 돋우어주었다. 축하와 덕담이 이어졌다. 떠들썩한 건배 끝에 누군가 아이 이름도 지었냐고 물었다. 가볍게 분위기를 맞추는 물음이었는데, N의 대답은 한숨으로 시작해서 의외로 길게 이어졌다.

뒤늦게 첫아이를 얻은 N 부부는 상의 끝에 부모 성을 모두 넣어 아이 이름을 짓기로 결정했단다. 이상적인 건 아빠의 성과 엄마의 성을 조합하여 '창씨'를 하는 것이었지만, 현실적으로는 절차가 너무 복잡하고 법원에서 받아들여질지도 미지수였다. 차선책으로 두 사람은 성은 아빠 것을 따르고 이름의 첫 자에 엄마 성을 넣은 후, 외자로 된 한글 이름을 짓기로 했다. 공식적으로는 한 글자의 아빠 성과 두 글자의 이름. 하지만 나란히 쓴 부모의 성은 한자이고 이름은 한글이니, 한자와 한글 사이에 경계가 생겨 N 부부의 생각을 담기에 큰 부족함이 없었다. 부부는 나름 흡족한 마음으로 동사무소에 등록을 했다. 오케이. 거기까지는 문제가 없었다. 그런데 다음날 구청에서 전화가 왔단다. 고압적인 목소리가 이렇게 전했다. "한글로 하려면 한글로 하시고요, 한자로 하려면 한자로 하세요. 섞어서 이름을 지을 수는 없습니다." N은 바로 구청에 달려가 사정도 해보고 법적으로 문제 있냐며 따지기도 했지만 직원은 요지부동. 자기 힘으로 어쩔 수 없다는 말만 반복할 뿐이더라나.

"그래서 결국 한글로 등록했어요. 아이에게 지어주고 싶었던 이름은 그게 아니었는데……" N은 못내 서운해하며 말끝을 흐렸다. 고유함을 가장 깊이 간직해야 할 사람의 이름마저 규격에 맞추어야 하는 현실이 축하의 뒤끝으로 씁쓸하게 지나가는 밤이었다.

일 년간의 햇빛

일 년 전 베란다 벽에 책장을 짰다. 방에 마루에 자꾸 쌓여가는 책을 더는 어찌해볼 수 없던 시점이었다. 찬찬히 분류를 하며 정리했으면 좋았을 텐데, 손에 잡히는 대로 대충대충 꽂아넣었더니 새로 들인 따끈한 책들이 대부분이었다. 새 책장에 꽂힌 새 책들의 책등이 알록달록 환했다.

어제는 오랜만에 집 안 곳곳을 걸레질하다가 그 책장을 한참이나 쳐다보았다. 일 년이 지났을 뿐이건만 십여 년은 족히 묵은 것처럼 빨강도 파랑도 검정도 몰라보게 색이 바래 있었다. 햇빛과 바람이 잘 드는 자리였으니 당연하다면 당연한 일. 그래도 놀라울 따름이다. 햇빛은 이 색깔들을 전부 어디로 거둬들이는 것일까. 책만 그런 게 아니다. 김칫국물이 밴 도마를 햇빛 좋은 자리에 내다 놓으면 금세 원래의 나무색으로 돌아간다. 흰옷에 묻은 커피얼룩도 표백제보다 햇빛이 더 잘 지워준다.

햇빛은 생물과 사물을 구별한다. 생물은 햇빛 속에서 색을 얻고 사물은 햇빛 속에서 색을 잃는다. 사람의 살갗은 까무잡잡해지고 나무의 잎사귀는 청청했다가 붉어지며, 숨을 쉬

157

지 않는 모든 것들의 색깔은 나날이 희미해져간다. 과학적 원리를 따질 수 있다 해도, 햇빛에 닿은 이 세계의 짙거나 옅은 색들이 어디에서 오고 어디로 가는지 신비롭지 않은 건 아니다.

눈이 녹으면 하얀색은 어디로 갈까. 셰익스피어의 이 아름다운 물음이 다시 스친다. 색이랄 수도 없는 하얀색마저, 햇빛은 정녕 어디로 데려가는 것일까.

'명왕성스러움'을 위하여

명왕성이 사라진다고 해도
명왕성의 궤도가 혼자 남지 않게.
명왕성의 이름이 없어져도
명왕성이 쓸쓸하지 않게.

이런 구절이 들어간 시를 쓴 적 있다. 2006년 겨울이었다. 그
해 여름, 명왕성은 행성의 지위를 박탈당했다. 질량이 충분
치 않고 공전궤도가 일정치 못하다는 이유였다. 명왕성은 이
름도 잃었다. 대신 '소행성 134340'이라는 번호가 붙었다. 수
인번호 같았다. 인간들이 뭐라 찧고 까불건 명왕성이야 그저
돌던 궤도를 돌 따름이겠지만, 나로서는 좀 그랬다. 설령 주
먹만 한 돌멩이라 해도 이름이란 그렇게 함부로 줬다 뺏었다
해서는 안 되는 거 아닌가. 그 마음이 저 구절을 쓰게 만들었
던 것 같다.

알고 보니 명왕성에 대해 애틋함을 품은 건 나만이 아니었
다. 많은 시인들이 명왕성을 위한 시를 썼다. 명왕성을 특별
히 담은 책도 나왔고 〈명왕성〉이라는 제목의 영화도 나왔다.

수금지화목토천해명의 '명' 자리를 잃고 행성계에서 퇴출당하면서 오히려 마음을 끄는 인력만은 부쩍 강해졌달까.

공식적인 지위와 이름을 빼앗겼지만, 명왕성은 여전히 명왕성으로서 태양계 행성의 일원이었을 시절보다 한층 더 마음을 건드린다. 명왕성만 그런 건 아닐 것이다. 세계의 밝은 중심으로부터 밀려난 것, 버림받은 것, 외면된 것, 억압된 것들도, 어딘가에는 그 쓸쓸한 아름다움이 고이 간직되어 있을 것이다. 바로 그런 아름다움을 가리키는 말로서 '명왕성스럽다' 같은 조어가 쓰이면 좋겠다는 바람이 건듯 스쳐간다.

등의 표정

어느 날 멍하니 길을 걷다가 쇼윈도에 비친 내 옆모습을 보게 되었다. 어깨와 등이 구부정해서 깜짝 놀랐다. 거울 앞에 일부러 설 때는 자세도 표정도 미리 가다듬은 후라 평소 어떤 모습으로 지내는지 알 길이 없었는데, 이렇게 불시에 맞닥뜨리니 자세에 각인된 나이가 실감으로 다가왔다. 나이를 먹는다는 건 중력이라는 비가시적인 힘이 직립보행하는 신체를 통해 점차 가시화되는 과정일지도 모른다는 섭섭한 생각과 함께.

이후로는 서 있거나 걸음을 옮길 때 약간 신경을 쓰게 된다. 자세 따위 잊고 지낼 때가 더 많지만, 쇼윈도에 비쳤던 옆모습이 떠오를 때마다 어깨도 펴고 등뼈도 꼿꼿이 세워본다. 두 다리에 무게중심을 똑같이 나누어 실으려고 노력하기도 한다.

또 이제껏 눈여겨보지 않던 것을 어느결엔가 유심히 보게 되었는데, 바로 다른 이들의 등이다. 얼마 전 한 공공기관에 들렀을 때는 등받이 없는 의자에 나란히 앉은 세 남자의 뒷모습에 눈길이 머물렀다. 공교롭게도 비슷한 연배에 비슷한 체크무늬 셔츠. 그러나 목덜미에서 척추를 타고 내려와 꼬리뼈까지 이어지는 선의 굴곡만은 선명하게 제각각이었다. 완만하고 자상하게 굽은 선. 초췌하게 수그러드는 선. 깐깐하게 낭떠러지를 이루는 선. 얼굴뿐 아니라 등에도 표정이 있었다. 지내온 시간의 표정일 것이었다.

흰 봉투

봄가을에는 경조사가 많다. 이번 계절도 어김없다. 결혼잔치
야 미리 좋은 날을 받으니 당연한 일일 테지만, 슬픈 소식도
왜 봄가을에 집중되는 건지 모르겠다. 이 세상을 떠날 시간
이 가까워진 분들도 볕 좋고 바람 좋은 날을 잡아 의식의 끈
을 놓는 걸까.

며칠 전에도 부음이 날아왔다. 지인의 부친상이었다. 휴대
전화 문자메시지에는 장례를 치르는 장소, 발인 날짜와 함께
계좌번호가 찍혀 있었다. 다녀올 처지가 아니어서 그 계좌로
조의금을 넣었다. 수고를 덜 수 있었다. 그렇지 않았다면 조
문 가는 사람을 수소문해 내 이름으로 조의금을 넣어달라 부
탁하고, 내 몫의 액수를 그에게 전달하는 이중의 과정을 거
쳐야 했을 것이다. 다들 그 번거로움을 알고 있으니 상주의
계좌를 부고와 함께 알리는 건 일종의 배려일 수도 있으리
라.

그래도 흰 봉투라는 최소한의 격식조차 생략된 이 간편함
이 민망하기는 하다. 슬픔도 돈을 통해 나누겠다는 뜻이 너
무 적나라하게 드러난달까. 문상을 직접 다녀올 수 없을 바

에야 봉투에 넣어 전하거나 계좌로 보내거나 큰 차이가 있는 건 아니다. 다만 흰 봉투는, 안에 들어 있는 것의 차가운 상스러움을 얼마쯤 가려준다. 봉투라는 형식 자체가 조의를 표현한다. 아무리 성의 없이 전달된 봉투라도 봉투에는 지폐만이 아니라 위로의 마음도 미미하게나마 딸려 들어갈 것이다. 그 봉투조차 없이, 계좌이체로 내가 보낸 것은 뭘까. 고인의 가족이 받은 것은 또 뭘까.

한줄 김밥

편의점에 들렀다. 음료수를 카운터에 올려놓고 보니, 나이 어린 여자 아르바이트생이 막 한줄 김밥을 뜯은 참이었다. 한산한 때를 틈타 늦은 점심을 해결하려는 모양이었다. 당황하는 눈빛이 스쳤지만 그녀는 그대로 김밥 하나를 손가락으로 집어먹으며 바코드를 찍었고, 또 하나를 집어먹으며 돈을 받았다. 그때 편의점 문에 달린 종이 달랑거리고 몇 명의 손님이 연이어 들어왔다. 그녀는 마음이 급해졌던 것 같다. 빨리 먹어치우려는 듯 이번에는 김밥 두 개를 한꺼번에 입에 밀어넣고 거스름돈을 건네며, 미어터지는 입을 우물우물 열었다.

"혀음여수즈 해드여요?"

아. 현금영수증. 보통은 해달라고 하지만 지금으로서는 자리를 빨리 피해주어야겠다 싶어 괜찮다고 하는데, 뒤에서 쯧쯧 가볍게 혀를 차는 소리가 들렸다. 양복을 입은 노신사였다. 물 한 병 사러 와서 오지랖 넓게 그 이상 잔소리를 늘어놓지는 않았지만, 손님이 드나드는 자리에서 끼니를 해결하는 것이나 음식물을 입에 잔뜩 넣고 말을 하는 것이나 마뜩잖아

하는 기색이 역력했다. 아르바이트생 역시 눈치를 챈 듯 먹던 김밥을 슬그머니 밑으로 치워버렸다. 물건을 계산하려는 손님들은 뒤로도 계속 이어졌다. 허기를 면하는 데는 오 분이면 족할 텐데, 아무래도 그 오 분조차 쉽게 날 것 같지가 않았다.

태풍 전날

도서관에서 책을 빌려 나오는 길에 커피를 뽑아 벤치에 앉았다. 태풍이 접근 중인 탓인지 습하고 조금 더웠다. 바야흐로 가을이 무르익어가는 시월이건만 장마로 접어드는 유월 끝자락의 냄새가 났다. 반소매를 입고 손으로 부채질을 하는 사람들도 더러 눈에 띄었다. 엊그제만도 바람은 서늘하고 하늘엔 구름 한 점 없었는데, 시간이 느닷없이 뒷걸음질친 것만 같았다.

그런 공기 속에서 한참 먼산바라기를 하고 있자니 흐린 하늘을 배경으로 두둥실 떠 있는 거뭇한 물체가 시야에 들어왔다. 새인가? 아니다. 비행기? 설마. 새도 비행기도 저렇게 느릿느릿 움직일 리는 없지. 그 방향 쪽으로 걸음을 옮기며 눈을 가늘게 떠보았다. 가운데에 구멍이 있었다. 연이구나. 이 계절에 연을 날리는 사람이 다 있네. 하지만 주변을 두리번거려도 물레를 잡은 사람은 보이지 않았다. 어디 멀리 있는 솜씨 좋은 손이 길게 길게 연줄을 푼 걸까. 아니면 줄이 끊긴 연이 바람을 타고 여기까지 날아온 걸까.

대형태풍 볼라벤이 덮쳤던 작년 어느 날이 떠올랐다. 그날 나는 십층 정도 높이에서 덜컹거리는 유리창을 통해 바깥을 살피고 있었다. 맞은편 건물 곳곳 창문에 붙은 신문지와 청 테이프를 보며 저렇게 하면 정말 유리가 깨지지 않을까 궁금 해하는 사이, 돌연 저 아래서 거리를 뒹굴던 검은 비닐봉지 가 휘리릭 치솟았다. 그렇게 바람의 결을 따라 큰 폭의 갈지 자로 춤을 추며 내가 있는 높이까지 날아올랐다가, 살짝 낙 하했다가, 다시 바람을 따라 높이 더 높이, 하늘 속으로 사라 져버렸다······ 아득했다······

그 비닐봉지가 내내 공중을 떠돌다가 올해의 큰바람과 함 께 연이 되어 돌아온 건, 물론 아니겠지. 하지만 연과 함께 작 년 태풍의 어수선했던 날들이 선명해진다. 그 비닐봉지에도, 저 연에도, 내일의 안녕을 빌어주고 싶어진다.

스케일링

치과에 갔다. 개업한 지 얼마 되지 않은 그 치과에서는 자주 문자를 보내왔는데, 치석 제거에 건강보험이 적용되기 시작했다는 정보도 그중 하나였다. 받아볼까 하는 마음이 없었던 건 아니지만 딱히 통증도 없는데 치과를 제 발로 찾기는 쉽지 않은 일. 하지만 그날은 마침 잇몸 때문에 고생하는 선배의 푸념을 들은 터라 내친김에 스케일링을 받자고 큰맘을 먹게 되었다.

진료의자에 몸을 눕히자 마스크를 한 담당 간호사가 다가왔다.

"아, 하세요."

스케일러와 석션이 입안으로 들어왔다. 질끈 눈을 감았다. 치석을 긁어내는 기계의 마찰음이 신경을 같이 긁었다. 침과 피를 빨아들이는 흡입음은 고막까지 빨아들일 기세였다. 싫다, 싫다, 머릿속이 아우성을 치는데 간호사가 자꾸 말을 걸었다.

"커피 많이 드세요?"

"아."

170

"스케일링한 지 얼마나 되셨어요?"

"아아아."

"시리세요?"

"아아."

이런 참. 입을 아, 벌리고 있는데 자꾸 말을 시키면 어쩌라고.

치료가 끝난 후 간호사는 내 얼굴을 덮었던 수건을 걷어냈고 자신이 쓰고 있던 마스크도 벗었다. 낯익은 얼굴이었다. 어디서 봤지? 내 얼굴에 비친 아리송한 표정을 읽어냈는지 간호사는 데스크에서 주의사항을 일러준 후 이렇게 덧붙였다. "저, 학교 다닐 때 선생님 수업 들은 적 있어요." 맙소사. 내 학생이었다고? 실컷 떠들던 선생의 입속에서 시커먼 치석을 긁어낸 거라고? 인사를 하는 둥 마는 둥 서둘러 병원 문을 나섰다. 속을 들킨 기분이었다.

몰카

남동생이 결혼을 했다. 노총각이라는 타박을 들은 지 벌써 몇 년. 부모님은 한시름 놓은 기색이 역력했고 할머니는 죽기 전에 저 녀석 장가가는 걸 봐서 얼마나 다행인지 모른다는 말을 몇 번이나 되풀이하셨다. 다만 그렇게 기다려온 손주 결혼식 날, 곱게 한복을 차려입고도 극구 사진을 찍지 않겠다고 손사래를 치며 이르시길,

"찌글찌글한 얼굴 보기 싫다. 젊은 사람들끼리 찍어라."

골 깊은 주름과 노쇠해진 몸을 사진으로 남기고 싶지 않은 마음이 간절히 전해지는 어조였다. 할머니 얼굴이 뭐가 어때서?, 라며 팔을 끌어봤자 소용없는 일이었다. 내 눈에 비친 할머니의 모습은 수수하고 고왔지만, 할머니의 눈에 비치는 할머니 얼굴과 내 눈에 비치는 할머니 얼굴이 같을 수는 없을 테니까.

사실 사진의 피사체로서야 세월의 흔적이 가득 묻은 할머니 할아버지들의 얼굴만큼 훌륭한 것이 없다. 주름살은 얼굴의 골목인 것도 같고 삶의 미로인 것도 같고 시간의 형상인 것도 같다. 시간의 주름과 공간의 주름이 착착 접혀 얼굴에

깊이의 파노라마를 연출한다. 다만 피사체로서의 가치를 판단할 수 있는 것은 남의 얼굴이지 내 얼굴은 아니다. 자글자글 주름에 덮이고 피부가 쳐지는 내 얼굴을 달가워할 수는 없는 것이다.

그날 할머니는 끝내 사진사의 카메라 앞에 서지 않았지만, 나는 내 카메라의 줌을 당겨 몰래 할머니 얼굴을 몇 장 담았다. 할머니가 싫어하는 할머니의 얼굴을, 나 혼자나마 오래 간직하고 싶었다.

천사가 지나갔다

세 친구와 찻집에 들어갔다. 따뜻한 음료로 몸을 녹이고 싶어지는, 맑고 쌀쌀한 저녁이었다. 이 화제에서 저 화제로 맥을 이으며 우리의 이야기는 두런두런 흘러갔다. 그러다 문득, 약속이나 한 것처럼 한꺼번에 입을 다물었다. 일초, 이초, 삼초, 사초, 오초……

"천사가 지나갔네요."

I가 침묵을 깼다. "맞다, 이야기를 나누다가 갑자기 조용해지는 건 천사가 지나가기 때문이라며?" K가 말을 받았다. 천사가 이제 곁을 떠난 듯 우리의 이야기는 천사를 매듭 삼아 다시 이어졌다. "이런 순간은 시간의 틈이래요. 시간이 멈췄다가 다시 흐르기 시작할 때 생기는 약간의 틈. 어떤 웹툰에서 봤는데, 뭐였더라?" "사차원으로 통하는 입구일 수도 있다던데. 하지만 이런 고요가 언제 오는지 알아야 기회를 잡지……" 천사가 지나가긴 지나갔던가 보다. 넋두리가 섞여 무겁게 쳐지던 대화에 생기가 돌기 시작한 걸 보면 말이다.

친구들과 헤어지고 돌아오는 길에 나는 지하철 안에서 또 천사를 기다려보았다. 웅성웅성하는 객차 안이 돌연 조용해지는 순간을. 기다려서 만날 수 있다면 천사일리 없겠지만, 기다리는 것 자체가 흐뭇했다. 다른 천사 이야기가 떠오른 건 그 기다림 때문이었을 것이다. 양조장 증류소에서는 2% 가량의 술이 항상 저절로 사라지는데 그걸 '천사의 몫'이라 한다던가. 천사의 흔적에 자꾸자꾸 마음이 기우는 밤. 아무래도 오늘 하루의 2%는 천사의 몫인 모양이다.

어쩌면 풍요일 風曜日

에드거 앨런 포의 작품 중에 〈일주일에 세 번 있는 일요일〉이라는 단편이 있다. 일주일에 일요일이 세 번이라. 목차를 훑다가 대번 제목에 꽂혔다. 막상 읽고 나서는 조금 실망하고 말았는데, 제목에서 풍기는 초현실적인 신비감이 싱거운 수수께끼로 맥없이 풀려버린 탓이었다.

어쨌건 일요일과 더불어 빨간 날이 연달아 세 번 찍힌 일주일을 달력 속에서 만날 때면 이 제목이 떠오르곤 한다. 생각이 꼬리를 물어 '월화수목금금금' 하던 한때의 유행어가 떠오르기도 한다. 주말도 없이 피 터지게 일한다는 뜻으로 돌던 말이었는데, 내게는 말 그대로 '일주일에 세 번 있는 금요일' 같은 느낌이었다. 다음 주가 시작되지 않을 것처럼 가득 고인 금요일. 금금금, 노동하기보다는, 금금금, 휴식하기에 더 어울릴 것 같은 금요일.

세 번 겹치는 일요일, 세 번 겹치는 금요일, 이런 날들을 상상하다 보면 이번에는 이 빠진 것처럼 쑥 사라진 요일이나 아무도 모르게 숨어 있는 요일은 없는 걸까 하는 맹랑한 의심이 솟구친다. 가령 일요일과 월요일 사이에, 목요일과 금요일 사이에, 다른 요일이 있는 건 아닐까. 있는데 깜빡 빠뜨리고 있는 건 아닐까. 월화수목금토일. 요일의 뜻을 새겨봐도 그렇다. 달月. 불火. 물水. 나무木. 쇠金. 흙土. 해日. 세상을 이루는 기본 요소들이다. 다만 하나, 바람이 빠져 있다. 그러니 '풍요일' 같은 것도 어딘가에는 있어야만 하지 않나. 이런 생각을 이어가고 있자니 오늘의 바람이 한결 눈과 귀와 살갗에 선명하다. 오늘은 사실 일요일과 월요일 사이에 부는 바람의 요일, '풍요일'일지도 모른다.

토끼인형

동네 재래시장에 깜짝예술장터가 열렸다. 집에서 만든 물건들을 챙겨 나온 사람들이 즐비하게 좌판을 벌였다. 직접 만든 지갑, 직접 만든 액세서리, 직접 만든 그릇, 직접 짠 목도리…… 일일가게의 주인들은 대부분 수줍었다. 호객을 할 줄 몰랐고 유심히 구경하는 손님에게조차 제 물건을 사라고 권하지 못했다.

어슬렁거리던 나는 한 좌판 앞에 발길이 멎었다. 손바닥만 한 못생긴 토끼인형을 네댓 개 늘어놓고 쌍둥이 자매가 머쓱하니 지켜선 곳이었다. 인형들을 뒤적거리는 나를 물끄러미 쳐다보다가 한쪽이 입을 열었다. "저희가 토끼띠라서요, 얘가, 아니 언니가, 토끼인형을 만들어요." 잠시 후 그 언니 쪽이 머뭇머뭇 덧붙였다. "하나 데려가 주실래요?"

사 달라가 아니라 데려가 달라. 그 말이 묘하게 마음을 끌었다. 내가 체크무늬 토끼를 고르자 동생 쪽이 토끼 등에 핀을 붙여주며 옷이나 가방에 달고 다니라고 했다. 이어서 자매가 동시에 입을 열었다. "예뻐해주세요." "가서 잘 살아라." 동생은 내게, 언니는 토끼인형에게 건네는 인사였다.

집에 돌아와 인형을 꺼내 보았다. 휴. 어쩌자고 샀담. 이 나이에 십대들처럼 백팩에 달고 다닐 수도 없고. 머리를 긁적이다 커튼 자락에 달아두게 되었는데, 이후 방에 들어갈 때마다 인형의 눈과 마주쳐 깜짝깜짝 놀라곤 한다. 눈이라고 해도 실은 단추일 뿐인데 말이다. 만든 사람의 갸륵한 마음과 정성이 깃들어 솜뭉치 속에서 토끼의 영혼이라도 깨어나고 있는 건가. 며칠 더 두고 봐야겠다. 이 녀석과 방을 나눠 써도 괜찮을지.

물고기

'물고기'라는 단어를 오랫동안 막연히 좋아했다. 뻐끔뻐끔 물속을 헤엄치는 생물들을 떠올리면 고요하고 아늑한 느낌이 들었기 때문이다. 이 단어가 의외로 탐욕스럽다는 데에 생각이 미친 건 횟집 수조 앞에서 한 꼬마가 신이 나 외치는 소리를 들은 후였다. "엄마, 여기에 고기들이 많아!" 그렇구나. 물고기는 고기였지. 물에서 나는 고기.

사전을 찾아보았다. 고기란 '식용하는 온갖 동물의 살'을 뜻한다. 살아서 숨쉬는 존재가 아니라 식탁 위에 올라 인간의 뱃속으로 들어갈 살덩이만이 고기인 것이다. 돼지고기는 돼지가 아니고 닭고기는 닭이 아니다. 그런데 물고기는? 생선가게 좌판에 진열된 고등어와 꽁치도 물고기지만, 관상용 금붕어도 물고기, 심해를 헤엄치는 미지의 생물들도 물고기라 불린다. '물고기'라는 말의 그물 속에서 '어류'는 잠재적으로 모두 인간의 먹이가 된다. 인간에게 단백질을 공급하기 위해 살아가고 있기라도 한 듯. 나쁘다. 어쩌다 물고기를 물고기라 부르게 된 것일까.

하지만 생각은 그렇게 하면서도 나는 여전히 '물고기'라는 말의 어감에 끌린다. 뜻에 담긴 인간의 극성맞은 시선에도 불구하고, 발음을 하면 찰랑찰랑 가득한 고요가 느껴지니 어찌하랴. 뜻에 속박되지 않는 말소리의 무심한 저항감이라 할까. 고기라 불리거나 말거나, 인간이 펼쳐놓은 말의 그물코를 유유히 들락날락하며 물고기는 그저 물속을 살아가기 때문인지도 모른다.

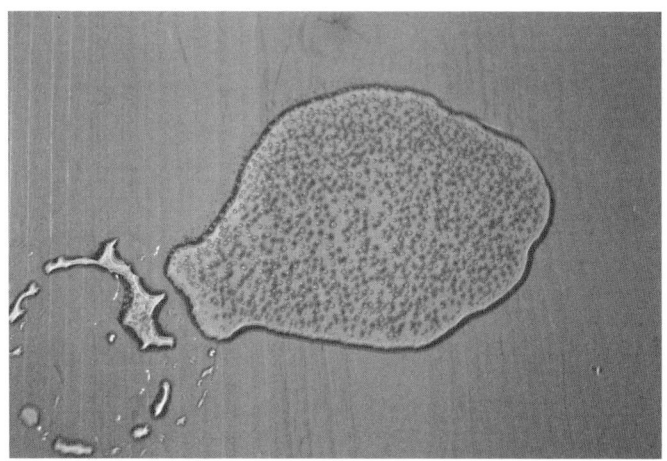

꼬마귀신들의 세계

부모님 집에 갔다가 어린 시절의 앨범을 펴보게 되었다. 몇 장을 넘기다 커다란 단체사진에 눈길이 멎었다. 아홉 살 땐가 피아노학원에서 작은 발표회를 마친 후 찍은 사진이었다. 그날의 기억이 새로웠다. 학원 아이들은 들떠 있었다. 연주할 곡 때문이라기보다는, 옷 때문이었다. 다들 고데기로 머리를 말고 입술연지를 바르고 레이스와 프릴이 달린 드레스를 입고 있었다. 거추장스러워하면서도 어찌나 자랑스럽게들 드레스자락을 끌고 다니던지. 아껴 입던 빨간 치마 차림이었던 나는 공주들 사이에 낀 부엌데기인 것만 같아 창피하고 속이 상했었다.

그런데 이제 와 사진을 보니 참 얄궂기도 하다. 나를 빼고는 모두 꼬마귀신들 같다. 앳된 얼굴은 짙은 메이크업과 따로 놀고 요란한 드레스는 작은 몸뚱이에 버거워 보인다. 아홉 살다운 모습을 한 건 맨얼굴에 평범한 옷을 입고 있는 나뿐이다. 어여쁘고 화사하던 그 공주님들은 다 어디로 간 걸까. 그 아이들을 넋 놓고 바라보던 내 마음은 또 어디로 간 걸까.

지금의 나로서는, 그때 꼬마귀신 무리에 끼지 않아 다행이었다는 생각이 든다. 다만 이건 아홉 살의 아이에게 어울릴 만한 옷을 고르는 어른의 마음일 것이다. 아홉 살의 마음으로 온전히 돌아가게 된다면, 나는 다시 마법에 걸린 것처럼 핑크빛 공주님들을 우러러 부러워하겠지. 초라한 내 차림새가 부끄러워 엄마의 립스틱이라도 훔쳐 바르고 싶겠지. 그 마음을 배신한 것만 같아 지금의 나는 아홉 살의 나에게 미안해진다.

시간의 흔적

하늘은 천구天球라 불린다. 비가 내려 대기의 먼지를 씻어내
고 나니 말마따나 한층 둥글어 보인다. 물론 실제로 둥글지
않다는 것쯤 누구나 안다. 별들이 둥근 천장에 다닥다닥 붙
어 있는 게 아니라는 것도. 다만 아는 것과는 별도로, 하늘이
둥근 천장처럼 보이는 건 예나 지금이나 마찬가지다. 별자리
를 이루는 별들이 멀리 떨어져 있다는 '지식'을 쌓았다 한들,
북두칠성을 이어 국자 모양을 만들어보는 버릇이 없어지는
것도 아니다.

북두칠성을 이루는 가장 밝은 별 두베는 지구에서 124광년
거리에 있다. 손잡이 부분의 미자르는 78광년 거리에 있다. 1
광년은 빛이 1년 동안 도달할 수 있는 거리. 그러니 124년 전
과 78년 전의 흔적을 이제야 보고 있다는 뜻이다. 멀리 떨어
져 있는 것들을 한눈에 볼 뿐만이 아니라, 1889년과 1935년
의 어떤 순간을 동시에 접하고 있는 것이기도 하다. 천문학
자들은 무려 50억 광년 이상 떨어진 거리에서 '퀘이사'라 불
리는 천체들을 관측하기도 한단다. 지구 나이가 대략 46억
년이니 지구가 존재하기도 전의 흔적이다. 밤하늘이 바로 타

임머신인 셈이다.

　그러고 보면 누구누구는 죽어서 별이 됐대, 라는 식의 옛이
야기가 허무맹랑하기만 한 건 아닌 것 같다. 10년 전에 출발하
여 이제야 우리에게 도착한 10광년 거리의 빛은, 10년 전의 죽
음이기도 할 테니까. 별을 보며 죽은 이를 그리는 시선. 이차
원의 까만 곡면에서 사차원의 시공을 읽어내기 위해 인간의
궁핍한 감각과 언어가 발휘한 소박한 지혜일지도 모른다.

훔쳐보기

망원렌즈를 샀다. 창 바깥의 초등학교 지붕 공사를 지켜본 후였다. 낡은 기와를 걷어낸 지붕 한쪽에는 차근차근 새 마감재가 덮이고 있었고, 시멘트가 드러난 한쪽에서는 샛노란 안전모를 쓴 인부가 오래 비질을 하고 있었다. 그 풍경이 파란 하늘과 무척 어울려 가까이서 구경을 하고 싶었다. 하지만 물리적 거리도 거리려니와, 대놓고 지켜볼 수 없는 것들이 있는 법이다. 창밖을 보고 있자면 가끔 그런 장면이나 모습에 눈이 머문다. 벌을 서고 있는 듯 계단참에 혼자 나와 손을 들고 있는 아이. 헛, 헛, 기합을 넣어 대검을 공중에 휘두르며 작은 숲에서 검도연습을 하는 남자. 망원렌즈를 산 건 그러니까, 가깝게, 몰래, 훔쳐보고 싶기 때문이었다.

훔쳐보기는 말 그대로 일종의 도둑질이다. 알면서도 유혹을 느낀다. 예전에 살던 아파트는 동간거리가 좁은데다가 내 방 창문이 정면으로 맞은편 동의 거실 베란다를 향하고 있었다. 밤이 되면 불을 밝힌 몇몇 집의 일상이 훤히 들어왔다. 속옷만 입고 돌아다니는 여자. 역기를 드는 남자. 엄마에게 야단맞는 아이들. 저쪽에서도 이쪽이 다 보이겠지 싶어 커튼을

꽁꽁 여미면서도 나는 종종 저편의 삶들을 건너다보곤 했다. 어떤 영화의 주인공은 이런 식으로 훔쳐보기를 일삼다가 살인사건도 해결하던 걸 뭐, 하는 변명 아닌 변명을 하면서. 지금 살고 있는 집은 다른 집의 실내가 보이지 않는 구조라 다행이다. 새 렌즈로 못된 유혹을 느낄 일은 없을 테니까.

심드렁 식당

좋아하는 식당이 있다. 햄버거스테이크와 세 종류의 스파게 티를 파는 작은 가게다. 왜 좋아하냐면, 맛이 없지 않고, 값이 비싸지 않고, 그릇이 조잡하지 않고, 주인장이 불친절하지 않고, 북적이지 않고…… 않고…… 않기는 않은데, 글쎄다, 뭐가 딱 좋다고 꼬집을 수가 없다.

가령 며칠 전에 먹은 봉골레 스파게티. '봉골레(조개)'라는 이름에 걸맞게 주인 남자가 내온 접시에는 살이 통통한 바지락과 모시조개가 듬뿍 들어 있었다. 문제는 해감이 제대로 되지 않았다는 거. 모래가 입안에서 버석거렸다. 면은 또 어떠냐 하면, 적당히 삶아져서 탱탱하기는 한데 모양을 잡지 않고 되는대로 프라이팬에서 접시로 옮겨 담아 먹음직스러워 보이지는 않는다는 게 흠이다.

그런데 이런 심드렁하고 어수룩한 요리가 좋다. 재료의 특징과 맛이 정직하게 드러나지만 능숙하고 노련한 솜씨로 만들어진 것도 아니고 대단한 정성이 깃든 것도 아닌 무뚝뚝한 음식. 내 입은 그런 음식이 달갑다. 생각해보니 가게 분위기도 가게를 혼자 꾸리는 주인의 태도도 딱 그만큼 덤덤하고 심드렁하다. 자기만의 독창적인 요리를 위해 무슨 승부를 거는 것 같지도 않고 식당 운영에 사활을 건 것 같지도 않다. 직접 담근다는 야채절임도 있으면 주고 없으면 그만인 식이다. 어느 쪽에서 봐도 나사가 하나 빠져 있는 듯한데, 그런 헐거움 속에 있으면 손님도 덩달아 헐거워지는 걸까. 정작 좋은 건 그 헐거움인 것도 같다.

점자에 담고픈 마음

친구 L의 딸은 맹학교를 다닌다. 아이는 여러 차례 각막이식 수술을 받았지만 끝내 시력을 얻지 못했고, L이 아이에게 주어진 삶의 조건을 그대로 끌어안기까지도 적지 않은 시간이 필요했다.

며칠 전 L이 전화를 걸어왔다. "있잖아, 우리 딸 학교에서 교지를 만드는데 말이지, 학생도 학부모도 많지 않은 거 알지? 격려사 같은 게 들어가야 하는데 엄마 대표로 나보고 쓰라는 거야. 뭐라 쓰지?" 머리를 쥐어뜯다가 연락을 한 거라 했다. 글 쓰는 친구를 뒷답시고 SOS를 친 것인데 뭐 나라고 뾰족이 생각나는 게 있나. 우물쭈물하다가 이렇게 말했다. "같이 점자 배웠다며? 아이는 손끝으로 읽고 너는 눈으로 읽으니 같은 점자지만 다른 느낌일 거라 하지 않았어?" 그러자 친구는 좀전의 고민을 잊은 듯 돌연 목소리에 생기를 띠며 겨우 여섯 개의 점으로 세상 만물과 느낌을 표현하는 점자가 얼마나 대단한지를 신나게 이야기했다. 점자로 타자 치는 방법도 설명해주었다. "그런 얘기 써봐. 훌륭한 글감인데?" 나의 성급한 반응에 L은 다시 시무룩해졌다. "너나 나한테나 대단해 보이지. 우리 애들한테야 점자가 일상인데 무슨 격려가 되겠어?"

엄마의 마음이란 이런 건가. 아이들의 입장에 선 격려, 아이들의 손끝을 통해 찌르르 마음에 가닿을 수 있는 격려, L은 그런 말을 찾고 있었다. 우리는 쉽게 실마리를 찾을 수 없었다. 눈으로 읽는 어른이 손끝으로 읽는 아이들에게 전할 수 있는 진심의 형식을 어눌하게 더듬으며, 이번엔 우리가 앞이 막막할 따름이었다.

season 5

손에서 피는 꽃

포장마차에 들어갔다. 오뎅 국물이 담긴 양철통에서 김이 펄펄 올랐다. 보기만 해도 몸이 녹는 듯했다. 앞치마를 한 주인 여자에게 오뎅이 얼마냐고 물었다. 여자는 손가락 다섯 개를 쫙 폈다. 오천 원은 아닐 테니 오백 원이겠지. 알아는 들었지만 조금 언짢기도 했다. 뜨내기손님하고는 말도 섞기 싫다는 거야, 뭐야.

잠시 후 한 남자가 문을 젖히고 들어와 앞치마를 입었다. 포장마차를 함께 꾸리는 사이인 모양이었다. 남자는 밖에서 무슨 재밌는 일을 겪었는지 활짝 웃으며 여자에게 이야기를 전하기 시작했다. 손을 부지런히 움직이면서. 여자의 손도 빠르게 움직였다. 그랬다. 수화였다. 여자가 나를 향해 펼친 손가락을 잠시나마 오해한 게 무안했다.

오뎅을 하나 더 집었다. 손님이라곤 나뿐이었고 주인커플의 대화는 화기애애하게 이어졌다. 소리 없이 움직이며 이야기의 꽃을 활짝 피우는 손을 보고 있자니, 수화란 '손으로 하는 말手話'이라기보다 '손에서 피는 꽃手花'인 것 같다는 생각이 들었다. 알아들을 수 없었기 때문이리라. 의미가 들어오지 않으면 의미 외의 것이 한결 다가드니까. 뜻을 모르는 외국어를 들을 때 가끔 그 소리의 특유한 결 자체에 귀를 맡기고 싶어지듯, 나는 포장마차 안에 가득 피어나는 무색무취의 꽃에 그저 눈을 맡기고 싶었다. 다만 귀와 달리 눈은 무례해지기 쉬운 게 문제라 엿보는 걸 들키지 않으려고 무관심한 척 오뎅을 몇 개나 먹었는지 모르겠다.

그 사람의 안부

"노○○ 님 핸드폰이죠?"

무슨무슨 상담원이라는 여자가 전화기 저편에서 물었다. 아니라고 대답했지만 여자는 번호 열자리를 또박또박 확인하고 언제부터 이 번호를 사용했는지 묻고서야 죄송하다며 전화를 끊었다.

이 웬수. 속으로 궁시렁거렸다. 약간은 친근한 마음이기도 했다. 노○○라는 사람은 내가 쓰는 전화번호의 먼저 주인이다. 정확히 말하면, 먼저 쓰던 번호의 먼저 주인. 내가 휴대전화를 처음 장만한 게 십몇 년 전인데, 그때부터 계속 그를 찾는 전화가 걸려오고 문자가 날아온다. 점차 뜸해지기는 했지만, 번호를 바꾼 다음에도, 번호연결서비스 기간이 끝난 지금까지도, 완전히 끊어지지 않았다. 한번은 새벽에 노○○의 옛 애인인 듯한 이의 문자폭탄을 받은 적도 있다. 모른 척 넘기기에는 너무 절절한 내용이라 번호 주인이 바뀌었다는 답신을 그쪽 번호로 넣고 오지랖 넓게 위로의 말까지 전했다.

왜 이토록 오래 번호를 방치해두고 있는 거지? 언제부턴가 나는 그의 안부가 궁금해진 것 같다. 잘못 걸린 전화들을 통해 희미하게 그려진 그의 윤곽이 불안해보인 탓일까. 대출금 상환 문제로 여러 금융기관이 그를 찾았고, 노동조합에서 그에게 연락이 닿지 않아 애를 태웠다. 나는 그가 졸업한 학교도 알고 있는데, 동문모임의 단체문자는 여태 내 번호로 날아온다. 피치 못할 사정으로 잠수를 탄 것이든 아니든, 노○○ 씨, 어디선가 무사히 지내고 있으면 좋겠다.

나무의 시간, 사람의 시간

부릉부릉 모터소리가 들렸다. 누가 고물 오토바이 시동을 걸려고 애쓰나 싶었는데, 소리는 멀어질 생각을 않고 한참이나 이어졌다. 하던 일을 멈추고 밖을 내다보았다. 어? 가벼운 탄성이 절로 입에서 튀어나왔다. 소리의 출처는 전기톱이었다. 5톤 집게차의 짐칸에는 전기톱이 쳐낸 마른 가지들이 가득 쌓여 있었고, 창밖의 풍경은 하루 사이 몰라보게 변해 있었다. 잎사귀와 잔가지가 정리된 나무들은 검고 단단하고 수척해 보였다. 갓 전지된 단면을 통해 드러난 속살은 유난히 희어서 공중에 둥둥 떠 있는 추운 동그라미 같았다.

진짜 겨울로 접어들었음을 실감했다. 이미 눈도 펑펑 내렸고, 날선 바람 속에서 덜덜 떤 적도 올해 벌써 몇 번 있었지만 말이다. 막바지의 활엽을 덮은 눈은 나름 푸근한 데가 있었다. 매운바람이 높이 날린 낙엽은 먼 하늘에서 새처럼 팔랑거리기도 했다. 조경사의 전기톱이 지나가기 전까지 나무는 내게 겨울나무가 아니었다. 차근차근 짙어지다 울긋불긋해지다 앙상해져가는 나무의 시간은 사람의 시간과 보조가 맞았다.

오늘은 한결 풀린 날씨지만 오늘의 풍경은 무척 춥다. 이제 저 나무들은 동면에 들어 나이테를 만들겠지. 하지만 사람은 살아 있는 채로 길고 긴 잠에 드는 법을 모른다. 나무의 시간은 잠시 멎고 당분간은 사람의 시간만 흘러갈 것이다. 저렇게 정지한 겨울나무의 시간이 나는 부럽기도 하고, 이렇게 겨울을 살아갈 수 있는 사람의 시간이 다행스럽기도 하다.

황금기

"1960~70년대가 문화의 마지막 황금기였던 거 같아요."
일흔에 접어든 K 선생님과 함께한 자리에서 이렇게 말한 적
이 있다. 비틀스, 밥 딜런, 앤디 워홀, 미셸 푸코, 김승옥 등
의 이름이 두서없이 오간 끝이었다. 맞아, 동시대의 청춘으
로 그 시절을 경험한 분들이 부러워요. 같이 있던 친구도 맞
장구를 쳤다. 하지만 막상 그 시절을 살아온 K 선생님께서는
흐흥, 하고 긍정도 부정도 아닌 애매한 웃음만 지으실 뿐이
었다.

그 웃음의 의미를 되새기게 된 건 얼마 전, 스물다섯 살인
C와 이야기를 나누면서였다. 어쩌다 보니 우리의 화제는 내
가 20대 시절에 즐겨 보고 듣던 책과 영화와 음악에 대한 것
으로 넘어갔다. 어머 어머, 그 영화를 개봉작으로 보셨다고
요? 세상에, 그 책이 따끈따끈한 화제작일 때 읽으셨다고요?
C는 감탄사를 연발했다. 90년대의 문화를 누린 청춘들이 부
럽다고 했다. 나는 조금 어안이 벙벙했는데, 60~70년대 청
춘들이 부럽다는 말을 들은 K 선생님도 그러셨던 게 아닐까.

우디 앨런의 영화 〈미드나잇 인 파리〉에서 주인공은 늘 동

경해오던 문학과 예술의 황금기인 1920년대로 훌쩍 시간여행을 떠나게 된다. 헤밍웨이, 피카소, 피츠제럴드 같은 '레전드'들을 만나니 이만저만 황홀한 게 아니다. 그런데 그 '레전드'들의 뮤즈로 추앙받는 한 아리따운 여인은, 오히려 19세기 말을 황금기로 여기며 시간을 거슬러 오르고 싶어 한다. 황금기란 늘 지나고 난 후라야 역설적으로 도래하는 것일까. 지금 내가 보내고 있는 이 시간도, 미래의 어떤 눈에게는 황금기로 비칠까.

그 겨울의 아기 뱀

'우로보로스'라는 상상동물이 있다. 입으로 자기 꼬리를 물고 있는 뱀인데, 몸의 끝인 꼬리가 몸의 맨 앞인 입으로 이어지는 모양새라 영원성, 완전성 등의 상징이 되어왔다고 한다.

영원성이나 완전성과는 거리가 멀지만 나에게도 잊지 못할 우로보로스가 한 마리 있다. 옛날 옛적 한 아기 뱀이 살았다. 아기 뱀은 마음씨가 고와 차마 따뜻한 새알을 삼키거나 벌레를 잡아먹을 수 없었다. 친구 뱀들의 놀림을 받으면서도 풀잎이나 땅에 떨어진 열매만 먹으며 허기를 달래곤 했다. 그러다 겨울이 왔다. 아기 뱀은 춥고 쓸쓸하고 배가 고팠다. 여름의 풀잎도 가을의 열매도 더는 찾아볼 수가 없었다. 주린 배를 견디다 못한 아기 뱀은 급기야 자기 꼬리를 한 입 뜯어먹는다. 아픔을 무릅쓰고 한 입 또 한 입, 봄을 기다리며 꼬리를 뜯어먹다가, 봄을 맞기도 전, 더 이상 어찌해볼 수 없을 만큼 몽당한 몸뚱이가 되고 만다.

그래서 어떻게 되었더라? 그대로 눈 속에 파묻혔는지 천사의 부름을 받았는지 기억이 나지 않는다. 그 겨울 나는 따뜻한 아랫목에 배를 깔고 엎드려 이 이야기를 읽다가 마지막 장을 남기고 담요를 뒤집어쓰곤 했다. 이제 와 생각해보면, 얼어 죽거나 굶어 죽게 될 슬픈 끝이 싫었던 것 같다. 한 입만큼씩 짧아진 꼬리가 점점 더 짧아져 하나의 점이 되어버리길, 그래서 제 몸뚱이를 먹고 살진 무구한 영혼만 고이 남길 원했던 것일지도 모르겠다. 내 마음속에 똬리를 틀고 있다가 눈 내리는 깊은 겨울마다 꿈틀거리길 바라며.

빈집

한 달쯤 집을 비우게 되었다. 짐을 꾸리고 집을 정리하느라 부산스럽다. 구석구석 쓸고 닦고 오래 쌓여 있던 묵은 먼지도 털어낸다. 이불도 빨고 책상 위에 잔뜩 어질러놓은 물건들도 제자리에 돌려놓고 있다. 고작 한 달에 뭘 또 그렇게까지…… 싶으면서도 유난을 떠는 건 뜻밖의 방문객을 대비해서다. 아무도 없는 우리 집에 불시에 들어올 사람은 누굴까. 부모님이나 친구들이 그럴 리는 없으니 빈집털이쯤 될까. 혹은 그 비슷한 누군가.

언젠가 이런 영화를 본 적이 있다. 미행을 즐기는 남자가 있다. 남자는 거리를 걷다가 우연히 마음에 꽂힌 사람의 뒤를 밟곤 한다. 그 사람의 집을 알아두고 집이 비는 시간을 점검한 다음, 부재를 틈타 몰래 그 집에 들어간다. 들어가서 뭘하냐 하면, 냉장고와 옷장과 빨래바구니를 들여다보며 집주인의 삶을 재구성한다. 비치된 책이나 CD를 통해 취향도 가늠해본다. 취미 삼아 하는 일이다.

남자가 우리 집에 왔다면 어땠을까 하는 생각이 들었다. 집에 널린 물건들과 흔적들로 몽타주된 나는 어떤 모습일까.

재조립된 나의 일상은 어떤 것일까. 이후로 집을 오래 비울 때는 문단속 못지않게 정돈에 신경을 쓴다. 미지의 탐색자에게 잘 보이고 싶은 마음이랄까. 살던 상태 그대로 그를 맞게 된다면 부스스한 머리에 눈곱도 안 떼고 외출한 것만큼이나 민망할 것이다.

자. 청소 끝. 오랜만에 말끔해진 집을 보고 있자니 빈 채로 두기 아까워진다. 빈 집 필요하신 분. 쉬다 가세요. 어디 초청장이라도 보내고 싶어진다.

9시와 10시 사이

아이들을 키우느라 회사를 그만두고 짬짬이 아르바이트를 하던 동생이 다시 취직을 했다. 오랜 고민 끝에 내린 결정이었다. 동생은 제 편에서 미리 협상 조건을 준비했다. 몇 군데 서류를 넣고 면접을 다니며 경력에 한참 못 미치는 연봉을 먼저 제안하고 대신 출퇴근 시간 조정을 요구했다. 10시 출근 5시 퇴근. 아이들의 시간에 아슬아슬 맞출 수 있는 선이었다. 이 조건을 수락한 회사가 동생의 직장이 되었다.

그런데 동료들과 함께하는 생활이라 퇴근 시간은 약속대로 지켜지지 않는 모양이다. "남들 밥 먹듯 야근하는데 나만 땡 하고 시간 맞춰 나오는 게 쉽지 않아서 말이야." 억울하지 않냐고 물었더니 동생은 예상했던 일이라 했다. "언니는 회사를 안 다녀봐서 모르는구나. 아침 한 시간을 얻은 것만도 얼만데. 10시 출근은 직장맘의 꿈이야. 애들 밥 먹여 학교랑 유치원에 보내고 나올 수 있는걸. 러시아워를 피할 수 있는 건 덤이고." 동생은 웃었고, 9시와 10시 사이의 소중함을 모르는 나는 머쓱해졌다.

그 후 얼마 지나지 않아 작은 회사를 직접 운영하는 친구를 만났다. 마침 출근 얘기가 나와 동생의 말을 들려주었다. "아, 우리 직원 하나도 그런 요청을 한 적 있어. 나는 거절했어." "왜?" 그는 뾰족한 웃음을 지었다. "너는 회사를 운영해보지 않아 잘 몰라. 설령 한 시간 동안 빈둥거린다 해도 9시를 지키는 건 매우 중요해." 나는 또 머쓱해졌다. 이번에는 9시와 10시 사이에 내가 모르는 무엇이 있는 걸까.

윷놀이

"연말인데 윷놀이나 할까?"

K가 서랍을 뒤지며 제안했다. 마침 넷이 모여 노닥거리고 있었으니 적당한 인원이었다. 둘둘 편을 나눠 담요 주위에 둘러앉고 바둑알을 나눴다. 검은 돌을 쥔 우리 편 말판은 내가 맡기로 했다. 짝이나 나나 별 생각은 없었다. 아무려면 어때. 그 길이 그 길인 걸. 그런데 세 바퀴쯤 순서가 돌자 짝과 나 사이에는 묘한 신경전이 벌어지기 시작했다.

"거기서 왜 업어? 저쪽에서 도 나오면 잡히잖아."

"괜찮아. 개나 걸일 거야."

이런 식이었다. 짝은 하나씩 차근차근 나아가자는 주의였고, 나는 잡힐 위험을 무릅쓰고 말들을 업고 가서 한꺼번에 끝내버리자는 주의였다. 결국 내가 말판을 맡은 두 판은 참패로 끝났다. 짝이 비아냥거렸다. 요행이나 바라다니. 윷놀이의 기본을 모르는구나? 나도 이죽거렸다. 너 완전 보수적이더라? 모험도 좀 해야 하는 거 아냐?

어쨌건 패배의 책임을 지고 나는 말판을 짝에게 넘겼다. 업네, 가네, 나네, 잡네 하며 우리의 옥신각신은 이어졌지만 이번에 말들을 움직인 건 짝의 신중한 손. 우리는 다음 판을 아슬아슬 이겼고 그 다음 판을 아깝게 졌다. 1대 3. 게임 끝.

내기로 걸었던 아이스크림을 사러 편의점에 가며 나는 우습게도 보수주의의 미덕이랄까, 뭐 그런 것을 궁리해보았다. 게임에서야 모험을 하다 왕창 망해봤자 아이스크림이나 사고 말면 되지만 삶에서야 어디 그런가. 사소하나마 이제껏 일구어온 것들을 함부로 여기지 않으며 한 발 한 발 꾸준히 나아가는 걸음걸이. 그냥 지키기만 하는 게 아니라, 지키면서 나아가는 걸음걸이. 그 조심스러운 발자국을 생각하며 또한 조심스럽게 미끄러운 골목길을 걷는 밤이었다.

핸드메이드

1세대 의상디자이너 노라노를 조명한 다큐멘터리를 보다가 알게 된 사실이 있다. 1966년에야 우리나라에 처음으로 기성복이 나왔다는 것. 지금처럼 손쉽게 옷을 사입게 된 지 채 오십 년이 안 됐다는 뜻이다. 생판 몰랐던 일이라고는 할 수 없다. 옷을 맞춰 입던 어른들의 회고담을 때때로 들었고, 내가 어렸을 때만도 양장점 양복점이 곳곳에 많았으니까.

다만 '최초'의 시기를 이렇게 확인하고 나니 궁금증이 일었다. 맞춤 외출복이야 하나쯤 갖춰두고 있더라도 집에서는 다들 뭐 입고 살았지? 그래서 엄마에게 물어보았다. 엄마는 기억을 한참 더듬다가 입을 열었다. "겨울에는 떠서 입었어. 스웨터도 떠 입고 내복도 떠 입고. 작아지면 실을 풀어서 소매를 늘이고 밑단을 늘이고……" 얘기를 듣고 보니 내게도 떠오르는 풍경이 있었다. 삼삼오오 모여 뜨개질을 하던 동네 아줌마들. 집에서 굴러다니던 털실 뭉치들. 방구석에 놓여 있던 재봉틀. 놀랍다. 한 세대만 거슬러 올라도 많은 여자들이 손수 옷 만드는 기술을 기본적으로 갖추고 있었다니.

물끄러미 내 손을 들여다본다. 직접 옷을 만들어본 적이 없는 손이다. 사실 그런 게 가능하다는 생각조차 해본 적이 없다. 실과 바늘로는 떨어진 단추나 달아본 게 고작이다. 창피하다. 옛 여인들보다 책이야 내가 더 읽었겠지만, 머리로 이것저것 얻는 사이 손은 이것저것 잃기만 한 게 아닐까. 옛 여인들보다 옷이야 내가 더 많겠지만, 손쉽게 사고 자주 버리는 사이 진정으로 옷과 친해질 기회를 나는 얻어본 적도 없는 것 같다.

저기요!

K와 Y는 미리 만나 맥주를 마시고 있었다. 뒤늦게 도착한 나도 주문을 해야 했는데, 매장이 넓고 붐비는 터라 종업원을 부르기가 쉽지 않았다. 저기요, 저기요, 하는 내 목소리는 음악소리와 웅성웅성하는 이야기들 속에 묻히기만 했다.

그러자 Y가 말했다. "제가 불러드릴게요." 그녀는 빙긋 웃더니 손을 번쩍 들며 '재규어!'라고 크게 외쳤다. 드디어 이쪽을 돌아보는 종업원이 있었다. "이렇게 정신없을 땐 '저기요'나 '재규어'나 비슷하게 들리잖아요." 한참 후 잔이 비었다. 다시 장난기가 동한 Y는 이번엔 손나팔을 만들어 입에 대고 이렇게 외쳤다. "자기야!"

역시 종업원이 메뉴판을 들고 다가왔다. Y는 깔깔 웃었다. "저기요, 자기야, 재규어, 다 똑같이 들리나 봐." 맥주 때문인지 Y의 재치 때문인지 우리는 기분이 좋아졌고, 다시 빈 잔을 채우기로 했다. "이번엔 내가 해볼게요." 나는 Y처럼, 하지만 Y만큼 씩씩하지는 않게, '자기야!'라고 주방 쪽을 향해 소리쳤다. 순간 얼굴이 달아올랐다. 밤이 깊어 손님들이 많이 빠져나간 뒤라 나의 발음은 '저기요'로 뭉개지는 대신 또

렷하게 '자기야'로 들린 것이다. 젠장. 어디 쥐구멍 없나. 고개를 돌려 우리 쪽을 바라본 사람은 종업원이 아니라 저 건너 테이블에 앉아 있던 남자였다. 여자와 다정하게 나란히 앉아 있던 남자. 남자는 누가 자기를 '자기야!'라고 불렀다고 생각한 것일까. 당황해서 딴청을 부리는 나를 대신해 얼른 Y가 다시 나섰다. "저기요!"

양말공장의 불길

불이 났다. 자주 지나다니는 골목의 3층 건물이었다. 펑, 하
는 소리와 함께 시커먼 연기가 솟구쳤고 곧이어 흰 연기와 유
독가스가 일대를 덮었다. 소방차가 속속 도착했고 방독면을
쓴 대원들이 안팎으로 신속히 진화작업에 나섰지만 두 시간
이 되어가도록 불길은 완전히 잡히지 않았다. 그나마 다행으
로 옥상에 대피해 있던 사람들이 구조요원의 도움을 받아 하
나둘 건물을 빠져나오기 시작했다. 오가는 말에 귀를 세워보
니 난로가 넘어져 무슨 인화물질에 불이 옮겨 붙었다는 것 같
았다.

　1층은 양말공장이었다. 재봉용 색실들과 납품용으로 묶어
놓은 양말뭉치들이 시커멓게 뚫린 내부에서 바깥쪽으로 내
장처럼 쏟아져나와 있었다. 그을음에 덮인 벽과 기물들 사이
에서 그 알록달록한 색깔이 생경하게 도드라졌다. 화염을 피
한 것들이, 화염이 삼킨 자리를 한층 흉물스럽게 만들었다.

　언젠가 이 양말공장의 온전한 내부를 엿본 적이 있다. 후덥
지근한 여름밤이었다. 반쯤 열린 문으로 불빛이 새어나왔다.
어둡고 조용한 주택가 뒷골목이라 유난히 밝고 환했다. 전봇

대 옆에 서서 나는 몰래 안쪽을 기웃거렸다. 발바닥 모형의 심이 세워진 소형 컨베이어 벨트가 한켠에 자리 잡고 있었고, 몇몇의 여자들이 어수선한 바닥에서 도란도란 이야기를 나누며 양말을 포장하고 있었다. 몹시 지쳐 보였다. 약간은 화기애애하게 보였다. 아무려나 일을 하기엔 너무 늦은 시각이었다. 이젠 그 열악한 일터마저 폐허가 되었다. 공기도 날씨도 이렇게 맵고 사나울 수가 없었다.

그 이름, 그 언덕

뉴질랜드 북섬 마오리족이 사는 땅에는 높이 약 300미터쯤 되는 언덕이 하나 있다. 그 언덕의 이름은 Taumatawhakatangi-hangakoauauotamateapokaiwhenuakitanatahu. 세계에서 가장 긴 지명이라 한다. 그것 참, 부르라고 있는 이름인데 이래서야 어떻게 부르나?

여하튼 내력에 대한 호기심이 일어 인터넷을 뒤져보았다. 지명을 그대로 번역하면 이렇다. '산의 정복자이자 대지의 포식자이자 땅과 바다의 탐험가인 큰 무릎의 타마테아께서 당신의 사랑을 위해 피리를 분 언덕 꼭대기'. 타마테아는 약 800년 전 카누를 타고 남태평양의 작은 섬을 떠나 뉴질랜드 땅에 처음 도착한 일행의 대장이다. 그가 전투 끝에 친애하는 아우를 잃고 피리를 불며 슬픔을 달래던 곳이 바로 저 언덕이란다. 따로 덧붙일 것도 없이, 이름 자체가 고스란히 전설인 셈이다.

왜 타마테아의 후손들은 한두 단어로 축약시킨 이름을 만들지 않았을까? 이름에 대해 곰곰 생각해본다. 나는 이름이란 늘 어떤 대상을 부르기 위한 기호라고만 여겨왔다. 아들

이름을 김수한무거북이와두루미 어쩌구 하며 길게 붙인 어리석은 아버지에 대한 이야기도, 이름은 자고로 짧고 간명해야 함을 깨우쳐주지 않던가. 하지만 마오리 사람들에게 정말 중요한 것은 언덕을 편리하게 지칭하는 것보다 언덕의 의미를 두고두고 생생하게 간직하는 것이었을지도 모른다. 이름이란 한없이 길어지는 한이 있더라도 무언가의, 혹은 누군가의 본질과 속성을 그대로 담고 있어야 하는 것이었을지 모른다. 그런 이름이 살아 있는 마오리족의 언덕을 언젠가 꼭 가보고 싶어진다.

메리제인 펌프스

현관문 바로 옆에 비상계단이 있다. 계단으로 통하는 철문은 보통 닫혀 있다. 그런데 그 철문이 한 뼘 정도 열려 있었다. 문틈으로는 거뭇한 것이 보였다. 쓰레기봉투를 들고 엘리베이터를 기다리던 나는 정체를 확인해보았다. 구두였다. 사이즈 225에 굽이 15cm는 될 법한 메리제인 펌프스.

225라면 정말 작은 발이다. 아담한 키의 어른이거나 열다섯 살을 넘지 않은 소녀의 발일 것이다. 높은 굽으로는 키 혹은 나이를 감추고 싶었겠지 아마. 얼마 전 붕어빵 한 봉지가 역시 문턱에 놓여 있었다는 것에 생각이 미쳤다. 붕어빵과 구두. 한 사람이라면 꼬마아가씨일 가능성이 높았다. 옆집에는 여중생이 산다. 마스카라에 볼터치까지 풀메이크업을 한 모습을 몇 번 본 적 있다. 하지만 그 애는 나보다 키가 크니 발도 클 것이다. 대체 누가 벗어둔 것일까? 느닷없이 짓궂은 마음이 동했다. 쓰레기를 버리고 오면서 구두 한 짝을 들고 들어왔다. 앙증맞은 구두코 쪽으로 내 발을 밀어넣어보며 속으로 흐흐흐, 웃었던가 말았던가.

장난이 심한가 싶어 원래대로 돌려놓으려 나간 것은 한 시간쯤 지난 후였을 것이다. 꿀꺽, 목구멍으로 마른침이 넘어갔다. 남아 있어야 할 한 짝이 눈에 띄지 않았다. 쿵쾅거리는 가슴으로 주위를 두리번거렸다. 사라진 한 짝을 찾아보려는 마음과 누군가 내 소행을 지켜본 건 아닌가 하는 걱정이 동시에 들었다. 손에 든 한 짝이나마 원래 있던 자리에 얌전히 두고 들어오는 나의 발은 고양이걸음이었다.

누군가가 누군가에게 들키기 않기 위해 숨겨둔 구두가 내 눈에 들킨 건 줄 알았는데, 내가 되려 들키지 않았을까 가슴이 졸아붙는 상황이라니. 종일 싱숭생숭한 상태로 문밖의 인기척에 귀를 기울이다가 밤이 깊었을 때 입술에 침을 바르며 다시 계단참에 나가 보았다. 깨끗했다. 그 한 짝도 사라지고 없었다. 주인의 발이 무사히 찾아간 거겠지? 신데렐라를 스친 기분이었다.

이것이 인간인가

간밤의 꿈은 양계장이었다. 양계장이라는 건 잠을 깨고 난 후의 추측이다. 꿈속에는 그저 닭목과 닭털과 닭뼈와 닭혼과 닭춤이 가득했다. 멍하니 천장을 보며 생각했다. 조류인플루엔자 때문에 가금류를 살처분한다는 뉴스가 꿈에 스몄나 보구나. 의심증상이 나타나면 해당농가의 반경 몇 킬로 이내 닭과 오리들을 죽여 매몰시킨다는 보도. 병의 확산을 막으려면 달리 뾰족한 수가 없는 듯하지만, 그렇다 해도 끔찍하지 않은 건 아니다.

생매장은 호러 장르의 유구한 소재다. 러시아의 한 작가는 자기를 매장할 때 관에 숨구멍을 뚫어달라는 유언을 했다 한다. 땅속에 묻힌 후에도 숨이 붙어 있을지 모른다는 막연한 두려움이 그의 영혼을 갉아먹었을 것이다. 닭과 오리에게는 그런 영혼이 없을까. 부디 없었으면 좋겠다. 이번에는 그나마 산 채로 구덩이에 몰아넣는 대신 질식사시킨 후 플라스틱 통에 넣어 매립하나 본데, 만의 하나 아직 끊어지지 않은 목숨이 있다면? 꿈의 잔상 탓인지 그런 닭의 눈으로 본 세상은 어떨까 하는 컴컴한 상상이 머릿속을 떠나지 않는다. 꺼이꺼이 우는 농장주인, 흰 방역복을 입은 낯선 사람들, 가스실을 거쳐 뻣뻣한 시체로 변한 제 종족들 사이에 옴짝달싹 못하게 끼인 몸뚱이……

아우슈비츠에서 살아 돌아온 유태인 작가 프리모 레비는 수용소의 경험을 담아 《이것이 인간인가》라는 책을 썼다. 병에 옮지 않은 동물들마저 대량 살처분해야 하는 인간의 시간 속에 있노라면, 다시금 그 질문을 떠올리게 된다. 이것이 인간인가. 이것이 생명인가.

각자의 레시피

겨울이 가기 전에 매생이굴떡국을 만들어보기로 했다. 식당에서 몇 번 먹어보았을 뿐 매생이는 다뤄본 적이 없는 식재료라 인터넷에 뜨는 요리 달인들의 조리법을 찬찬히 살폈다. 처음엔 그대로 따를 요량이었지만, 에라 모르겠다, 중요한 포인트만 숙지하고 내 식대로 하기로 한다. 날씬하게 정리된 레시피라도 나에게 고스란히 적용될 수는 없으니까. 한 컵 분량이라 해도 집집마다 컵의 크기가 다르다. 타이머를 맞춰 놓고 오 분을 끓여도 화력이 또한 집집마다 다르다. 갖춰놓은 보조 재료도 일정치가 않다. 어떻게 해도 같은 맛을 낼 수는 없다.

　가끔은 식탁에 올린 나의 음식들이 감동적으로 다가올 때가 있다. 훌륭해서가 아니다. 손이 느리고 솜씨가 빠하니 썩 맛있을 리 없지만, 그래도 이 세상 어디에도 없는 맛이다. 정성을 쏟지 않고 대강대강 만드니 만들 때마다 맛이 들쭉날쭉이지만, 그렇기 때문에 바로 이 순간의 식탁에만 존재하는 맛이기도 하다. 단 한번만 가능한 음식이 세상에 나왔다가 사람의 입속으로 사라지는 것이다.

오늘의 요리에는 국물이 필요하다. 멸치 한 움큼과 다시마와 무를 넣고 육수를 만든다. 맹물도 오래 끓이면 맛이 좋아진다 하니 얼추 오래 끓인다. 씻어놓은 굴을 넣고 참기름과 다진 마늘을 넣고 다시 좀 더 끓이다 떡을 넣은 후 간을 맞춘다. 풀어지기 쉬운 매생이는 마지막이다. 불을 끄고 맛을 본다. 오늘의 매생이굴떡국에서도 내 맛이 난다.

심청가

택시를 탔다. 기사의 입에서 웅얼웅얼 낮게 읊조리는 소리가 들렸다. 귀를 기울여보니 판소리였다. "소리하시나 봐요?" 내가 묻자 그는 배우기 시작한 지 얼마 되지 않았다며 쑥스럽게 입을 열었다. "오늘이 일주일에 한 번 있는 레슨 날이에요. 연습을 해야 하는데 시간 내는 게 만만치 않네요." 황후가 된 심청이가 아버지를 그리워하는 대목의 진양조 가락을 듣고 있자니 나로서도 어쩐지 느긋해지는 기분이었다.

도심으로 접어들자 길이 막히기 시작했다. 두 번째 파란 불을 받고서야 택시는 간신히 오거리 교차로를 통과할 수 있었다. 심청가도 어느결엔가 멎어 있었다. 바깥의 번잡한 풍경과는 동떨어진 처연한 소리였으니 그럴 만도 했다. 옆 차선의 빨간 경차가 깜빡이를 켜고 끼어들 틈을 찾았다. 기사는 앞차에 바싹 코를 붙였다가, 마음을 바꿨는지 자리를 내주었다. 경차가 비상등으로 고맙다는 신호를 보냈다.

"바쁘세요?" 기사가 물었다. 무슨 뜻인가 내가 살짝 긴장하자 그가 재빨리 말을 이었다. "길을 양보하면 화내는 손님들이 많아요. 빨리 가고 싶어 택시를 탔는데 왜 자꾸 양보를 하냐는 거예요. 성급해지는 데 이골이 났는데, 손님은 바쁜 기색이 아니라 길을 내줬네요." 그저 웃고 말았다. 나도 바쁘지 않은 건 아니었는데 심청가 때문에 마음이 헐렁해졌다는 걸 그가 알까. "이 잔치를 배설키는 부친상봉 위함인데……" 그의 입에서 다시 심청가가 흘러나오고 있었다.

중2 방위대

"교복을 맞췄어요." 조카가 말했다. 곧 중학교에 들어가는 조카는 앞으로 교복을 입게 되는 것이 약간은 신기하고 설레는 모양이다. 디자인이 어떻고 색깔이 어떻고 종알거리다가 손가락으로 치마 길이가 이만큼이라고 일러주었다. 무릎에서 한 뼘쯤 위였다. 그렇게 짧아도 되냐고 물었더니 에이, 하며 말을 잇는다. "원래는 더 짧아도 되는데요, 2학년 선배들한테 잘못 걸리면 골치 아프니까 1학년 때까지는 그 정도로 하래요. 친한 언니가 그러더라고요."

2학년 선배라. 그래. 이런 우스갯소리도 있지. 중2가 무서워 외계인이 지구를 침범하지 못한다고. 돌이켜보면 나의 여중 시절도 그랬다. 사납고 괴팍하기로 누가 '2학년 선배'를 넘볼까.

그날은 내 친구 P의 생일이었다. 넷이 집에 모여 짜장면과 탕수육으로 파티를 하기로 약속이 되어 있던 터였다. 그런데 하필 그날, P는 2학년 선배들로부터 '소집' 명령을 받았다. 선배 중 한 명이 P를 좋아했는데, 정기적으로 불러 한참씩 패는 것이 일종의 애정 고백이었다. 어떡해, 어떡해, 우리는 호들갑스럽게 조바심을 쳤다. "먼저 가서 시켜놔, 금방 끝날 거야." P는 비장한 어조로 말하고 뒷산으로 향했다.

생일의 주인공이 돌아왔을 때 짜장면은 퉁퉁 불어 있었다. 가슴팍을 맞았더니 욱신거려서 면을 못 넘기겠다며 P는 얼굴을 찡그렸다. 아픔보다는 엄마에게 들킬 걱정이 더 컸으니, 친구랍시고 우리가 기껏 한 일이란 엄마의 눈치가 닿지 않도록 짜장면을 한 입씩 우겨넣어 그릇을 비워준 것이었다. 수줍은 애정은 발길질로 표현하고 든든한 우정은 어른의 시선을 피해 스크럼을 짜는 것으로 이해되던 시절. 그 발길질 때문에, 그 스크럼 때문에, 설마 지구가 지금도 건재한 건 아니겠지.

칼갈이

"100원을 줄래?"

이 말과 함께 H가 리본을 단 상자를 건넨 게 벌써 십여 년 전이다. 그날은 내 생일이었다. 상자 안에는 식칼이 들어 있었다. 지나가는 말로 근사한 주방 칼을 가지고 싶다고 했었는데 그 말을 기억해둔 모양이었다. "칼은 선물하는 게 아니라니까 100원에 사는 걸로 해." 멋진 나무 손잡이와 말 그대로 푸른 서슬. 나는 100원을 건넸다. 식칼이 선물이어서는 안 된다고 했지만, 그러면서도 선물로 주고받을 수 있는 H와 나의 사이가 뿌듯하고 으쓱했다.

어제는 그 칼을 신문지에 싸들고 시장에 나갔다. 자반고등어의 머리를 어렵사리 쳐낸 후였다. 집에는 시중에서 흔히 파는 간이 칼갈이가 있지만 무뎌진 날을 수평으로 갈 수 있을 뿐이라 몇 번 유용하게 쓰고 나니 한계가 있었다. 나는 날을 세우고 싶었고, 시장 어딘가에는 숫돌에 칼을 갈아주는 사람이 있으려니 했다. 하지만 이 가게 저 가게를 돌며 묻다가 오징어 두 마리를 사고서야 겨우 분명한 답을 들을 수 있었다. 그런 데는 없다고. 예전엔 요 옆에 칼갈이집이 있었는데 이젠 일 년에 두어 번 명절 같은 대목 무렵에나 시장을 돌 뿐이라고.

털레털레 돌아오는 길에 단골정육점에 들러 혹시나 하는 마음으로 무턱대고 칼을 내밀었다. 아저씨. 칼 좀 갈아주시면 안 될까요. 의외의 부탁에 그는 어안이 벙벙한 표정으로 머뭇거리다가 칼을 받아들었다.

그렇게 간신히 세운 날을 손바닥에 대어본다. 양파를 썰고 오징어에 칼집을 넣어본다. 감격스러울 만치 시원하여 배시시 웃음이 나온다. 늘 쓰는 칼조차 어떻게 관리해야 하는지 모른다는 사실이 창피하기도 하다. 또 못내 아쉽기도 하다. 100원짜리 내 소중한 칼은 앞으로 어디에 맡겨야 하나. 그 많던 칼갈이 아저씨들은 다 어디로 갔나.

언니의 말씨

어릴 적 친자매처럼 지내던 언니가 광양에서 김밥집을 한다. 강원도에서 소식이 끊겼다가 전라도에서 우연히 연락이 닿았으니 어찌 반갑지 않으리. 그렇게 만나 손 맞잡고 까마득한 기억을 들춰본 게 삼 년 전이었고, 이번에 언니 가게를 찾아간 것이 두 번째 만남이었다.

나를 반갑게 맞으며 김밥을 싸준 언니에게는 남도 말씨가 싹 배어 있었다. 신기했다. 천안에서 오래 살던 언니가 남편 고향인 순천으로 내려온 건 육 년 전이다. 지난번에 만났을 때만 해도 분명 서울말을 쓰고 있었다. "와. 몇 년 살았을 뿐인데 어떻게 여기 말이 그렇게 입에 착착 감겨? 나는 영 안 되던데." 언니는 정말 그러냐며 오히려 반문을 하고는 이렇게 덧붙였다. "긍께 니는 글 쓰는 사람이고 나야 가게 일을 오래 했잖냐. 손님들과 말 섞다 보니 그리 됐을라나. 근디 나 타지에서 온 거, 여그 사람들은 말씨로 다 안다." 현지 사람들만이 구별할 수 있는 미묘한 뉘앙스가 있겠지. 어쨌거나 언니는 자기도 모르는 사이에 드나드는 손님들을 통해 새 말을 익힌 셈이겠다.

흔히들 어른이 된 다음엔 머리가 굳어서 다른 말을 배우는 게 어렵다고 한다. 그런데 언니의 말씨를 듣고 있자니 다른 생각이 든다. 머리가 굳어서라기보다는 마음을 닫아걸기 때문은 아닐까. 익숙함 속에 편히 머물며, 서먹하고 불편한 것들을 심리적으로 피하려 하기 때문은 아닐까. 아이들은 엄마 뱃속과는 도통 닮은 데가 없는 낯선 이 세계의 말을 온 힘을 다해 받아들인다. 어른이 되어서 언제 한번 그렇게 바깥 것들에 나 자신을 개방한 적이 있던가. 몸에 익지 않은 '다른 말'을 스스럼없이 받아들인 언니는 사십대의 나이에도 마음을 활짝 열어둘 수 있는 어린애의 능력을 얼마쯤 간직하고 있는 모양이다.

곰발 실내화

커다란 곰발 실내화를 가지고 있다. 예전 집이 외풍이 심한 편이어서 산 것이다. 지금은 애용하지 않지만 해마다 겨울이 가까워 오면 신발장에서 꺼내 방 한쪽 구석에 놓아둔다. 사실 크기도 모양도 집에서 사용하기에 영 부담스럽긴 하다. 하지만 가까이에 두기만 해도 따뜻한 기운을 전해오는 것들이 있다. 북슬북슬한 곰발을 책상 밑으로 내밀고 난로 바로 뒷자리에 앉아 꾸벅꾸벅 졸고 있던 급우가 어릴 적에는 얼마나 부러웠던지.

이제 겨울이 끝나가는 터라 신발장 깊숙이 털실내화를 돌려놓으려다가, 발을 한번 넣어보았다. 미세한 이질감이 돌았다. 반대로 신었구나. 밑창이 양쪽 똑같은 타원형이라 왼쪽 오른쪽이 따로 없지만, 신다 보니 어느결엔가 왼발 오른발 모양에 따라 구분이 생긴 까닭이다. 곰발 속에 내 발이 들어갔다기보다는 왼발 속에 오른발이, 오른발 속에 왼발이 들어간 기분이었다. 나의 흔적에 내 몸이 닿는 이상한 감촉.

그러고 보니 청바지를 입으면서도 비슷한 느낌을 받은 적이 있다. 가끔 벼룩시장에서 헌옷을 사기도 하고 친구나 동생이 안 입게 된 옷을 얻기도 하는데, 그중 사이즈가 대충 맞아 집어들고 온 청바지에는 어김없이 이전 주인의 허리와 골반과 허벅지의 윤곽이 남아 있다. 왼발의 윤곽 속에서 오른발이 어색해지는 것처럼, 다른 몸의 윤곽 속에서 내 몸이 겉돌 때도 괜히 수줍어진다. 있는 것만이 아니라 있었던 것의 흔적도 이렇게 살에 닿는다.

season 6

기억 편집

이사 준비를 하고 있다. 창고를 정리하는 일이 하염없다. 가져갈 것과 버릴 것을 구분하는 것만도 큰일인데 지나간 시간이 자꾸 뒷덜미를 잡는다. 손글씨로 된 일기와 편지와 엽서들. 밑줄이 가득한 낡은 책들. FM라디오를 녹음해 워크맨으로 듣던 노래테이프와 도시락 크기만 한 비디오테이프들. 어물쩍 바닥에 주저앉아 마냥 들춰보고 만지작거린다. 싸갈까 말까 망설이는 것만으로 금세 하루가 지난다. 이사를 여러 번 다니며 버릴 건 꽤 버렸는데도 이 모양이다. 나름 소중한 것만을 남겼기 때문일 텐데, 소중한 것도 쌓이고 쌓이면 무덤덤해지다 거추장스러운 짐으로 변하는지라 웬만한 정은 떼버리고 '특히' 소중한 것만을 고르려니 마음이 오락가락할 수밖에.

어쨌건 어렵사리 이쪽저쪽으로 갈라놓고 보니 한쪽엔 달콤하고 푸근하고 아련한 기억들이 모여 있다. 다른 쪽엔 거북하고 부끄럽고 징글징글한 기억들이 모여 있다. 짐을 싸면서도 알게 모르게 환하고 기분 좋은 것만 남도록 기억을 편집하고 있는 셈이다. 이렇게 몇 번 더 이사를 다니며 잡동사니를 추

리고 추리면, 집에는 종내 어떤 나의 모습이 남게 될까. 달갑
지 않은 기억을 잘라낼 때마다 창고에 보관된 내 삶은 그만큼
씩 얄팍해져가겠지. 사오십 년씩 한 주인이 뿌리를 깊이 내리
고 있는 집이 불현듯 경이로워진다. 다락에 창고에 지하실에,
편집되지 않은 과거가 빼곡히 쌓여 있을 그런 집이.

음력의 겨울

눈이 왔다. 며칠 몹시 춥기도 했다. 입춘에 경칩도 지났고 매화며 동백에 봉오리가 맺혔지만 행인들의 복장은 털외투에 목도리라 봄이 온다기보다는 겨울이 간다는 느낌의 날씨. 그렇다면 늦겨울 날씨라 해도 좋을 텐데, 유감스럽게도 늦봄, 늦여름, 늦가을과 달리 늦겨울이라는 말은 잘 쓰이지 않는다. 새싹이 돋고 새 학기가 시작되는 시기에 '늦~'이라는 접두어를 붙이는 게 어색한 탓도 있을 테고, 달력의 양끝에 겨울이 나뉘어 있기 때문인 것도 같다. 겨울은 한 해의 끝자락에 시작되고 이듬해 초에 물러나니 시작이 시작이라 하기도 끝이 끝이라 하기도 뭣한 데가 있다. 2014년 겨울이라 하면 대략 언제쯤일까. 이미 지난 연초인 1월 무렵일까 아직 오지 않은 연말인 12월일까.

작년 말 시집을 낸 K는 속지에 이름과 함께 '뒷겨울'이라 때를 적어 내게 책을 건넸다. 초겨울은 지났을 때였고 한겨울이라 하면 연초와 연말이 헷갈리니 책이 나온 그맘때의 날씨와 분위기를 기념할 수 있도록 각별히 뒷겨울이라 적었을 터이다. 양력의 셈법이 K의 겨울을 '앞겨울'과 '뒷겨울'로 가른다.

달력 속에 놓이는 겨울의 애매한 자리를 가늠하다 보면 음력에 마음이 기운다. 태양의 움직임을 따라 양력은 한 해의 흐름을 합리적으로 알리지만 계절과는 엇물려 있으니까. 음력의 겨울은 정확히 한 해의 끝부분에 놓인다. 동짓달에 절정에 이르고 섣달엔 막바지 기승을 부린다. 새해 정월엔 물러나는 겨울과 다가오는 봄이 엎치락뒤치락한다. 음력의 연초에도 눈치 없이 떠나려 하지 않는 겨울이라면 늦겨울이라 불러도 되지 않을지. 지금은 양력 3월이자 음력 2월이다. 양력 3월은 초봄이지만 음력 2월은 늦겨울이라 우기고 싶어진다.

뿌리의 힘

분갈이를 했다. 집에 있는 식물들을 다 죽이고 하나 남은 산세베리아다. 몇 년 전 두꺼운 잎사귀 두 개만 달랑 솟아 있는 것을 사왔는데, 튼튼하다는 명성에 걸맞게 이 녀석만은 기특하게도 새 잎을 쑥쑥 돋으며 잘 버텨주었다. 그러다 성장을 멈춘 것이 재작년. 화분이 작은 탓인 것 같아 분갈이를 해줘야지 해줘야지 마음만 먹고 있다 이제야 실행에 옮긴 것이다.

신문지 위에 엎어놓고 보니 흙 반 뿌리 반이었다. 답답했겠구나 싶었다. 큰 화분으로 갈아준 후에는 그동안 산세베리아를 품고 있던 작고 하얀 화분을 씻었는데, 맙소사, 답답하다 못해 터지기 직전이었다는 것을 알게 되었다. 우묵한 안쪽에 길고 짧은 실금이 가득했다. 화분을 박차고 깊게 넓게 뻗어나가고 싶은 뿌리의 힘을 생생하게 기록하고 있는 무늬였다. 미세한 균열은 화분의 겉쪽까지 닿지는 않았지만, 햇살 아래로 가져가니 겉에서도 안쪽의 실금이 말갛게 비쳐보였다. 병아리가 막 태어나기 전의 알이 이러할까.

언젠가 미술관에서 보았던 커다란 달항아리가 떠올랐다.

마루에 윤을 내는 기름을 넣어두었던 까닭에 원래 하얀색이었던 항아리에는 노르스름한 빛깔이 반 넘게 배어 있었다. 기름을 기억하고 있는 달항아리. 뿌리의 힘을 기억하고 있는 화분. 그릇은 삶 자체를, 시간 자체를 담기도 하나 보다. 빈 화분에는 꼬마선인장이나 다시 심어볼 생각이었는데 아무래도 그냥 두어야 할 것 같다. 뿌리가 남긴 기운이 이미 가득 담겨 있으니까.

마흔하나

곧 시집이 나올 예정인데, 약력에 출생년도를 쓸지 말지 잠시 망설였다. 1974년생이니 올해 마흔하나. 더 이상 팔팔한 에너지가 끓는 젊은 축도 아니고 그렇다고 중견의 관록과 반백의 연륜이 붙은 것도 아닌 어정쩡한 나이. 벌써 나이를 밝히기 싫은 나이가 되었나 싶어 씁쓸했다.

스물넷부터 내 이름으로 글을 발표하기 시작했으니 한동안 젊은 시인 소리를 들었다. 그때는 솔직히 나이를 묻는 게 왜 실례인지 이해되지 않았다. 약력이라면 자고로 언제 어디서 태어났는지 정도는 포함되어 있어야 하지 않나 생각하기도 했다. 나이를 굳이 드러내지 않으려는 것이 오히려 궁색하게 보였는데, 웬걸, 이제 나 스스로 그런 궁색한 처지에 이르고 보니 나이를 밝히는 데 스스럼이 없는 것이야말로 일종의 특권이었음을 뒤늦게 깨닫는다. 나이가 나를 규정하건 말건 무심해질 수 있는 특권. 정작 누릴 때에는 제가 누리는 것이 특권인 줄 모르다가 잃고 나서야 마음 한구석이 휑해진다.

하지만 마흔한 살이란 또 어떤가. 올 초 한 선생님께서 내 나이를 묻더니 이렇게 말씀하셨다. "아, 참 좋은 나이네." 벙벙한 얼굴로 뭐가 좋은 거냐고 여쭤보았다. "하는 일에 대해서도 세상에 대해서도 이제 뭔가 조금씩 알 것 같지 않아? 좌충우돌 시기는 지났고. 아직 몸이 말썽을 부릴 때는 아니고." 그런 걸까. 나로서는 어정쩡하게만 느껴지는데. 여전히 나는 내 나이가 누리는 특권에 대해 무지한 것일지도.

거꾸로

KTX의 좌석은 절반은 열차가 움직이는 순방향으로, 절반은 역방향으로 배치되어 있다. 대개들 순방향을 선호하는 편이라 표를 끊을 때 따로 자리를 지정하지 않으면 순방향 좌석부터 차례로 발권이 된다. 이 원리를 깨닫고 난 후부터 나는 부러 역방향 쪽을 선택하곤 한다. 만석이 아닌 경우 순방향에는 승객들이 다닥다닥 차 있는 반면 역방향은 빈자리가 많아 공간을 넓게 쓸 수 있기 때문이다. 버스나 승합차와 달라 멀미가 나는 것도 아니고 옆자리에 가방과 겉옷을 부려놓을 수 있으니 여러모로 편하다.

일단은 그랬기 때문인데, 언제부턴가는 다른 이유로도 거꾸로 가는 방향에 마음을 붙이게 되었다. 순방향으로 앉으면 열차는 차창 밖 먼 풍경과 나란히 달리며 풍경을 추월한다. 빠르다. 다 물리치고 한눈팔지 않으며 목적지까지 쌩하니 나아간다. 거꾸로 앉으면 어떤가. 나는 점점이 멀어져가는 산과 논과 아파트 단지들을 마주 보게 된다. 열차의 뒤에, 내 뒤에 남는 세계. 그 풍경을 멍하니 지켜보고 있노라면 배웅을 받으며 길게 인사를 건네는 듯한 느낌이 든다.

착시이며 착각일 따름이긴 하다. 이쪽을 향해 앉건 저쪽을 향해 앉건 열차는 달리고 창밖의 세계는 무심히 그대로 있으며 나는 목적지에 닿는다. 다만 내 마음이 움직이니 착각이라 해도 어찌 부질없다고만 할까. 뒤로 멀어지는 것들을 향한 이 시선의 끝에 내 삶의 소실점이 있으면 좋겠다.

천사의 손톱

"여기에 이가 하나 더 있어요." 의사가 엑스레이 사진을 가리키며 말했다. "코 바로 아래, 인중에요." 수많은 치과에서 수십 번 엑스레이를 찍어봤지만 처음 듣는 소리였다. 인중이라면 앞니 쪽이 아닌가. 나는 벼르고 벼르다가 잇몸 깊이 숨어 있는 사랑니를 빼려고 치과를 찾은 터였다.

"굳이 비교하자면 육손이 같은 거랄까요? 손가락이 여섯 개 있는 사람처럼 환자분은 앞니가 잇몸 속에 하나 더 있는 거죠." 내가 당황해하자 의사는 대수로워할 것 없다는 듯 미소를 지었다. "숨어 있는 건데 어때요? 이제껏 불편함 없이 잘 지내셨잖아요? 정 신경 쓰이시면 구강외과 있는 큰 병원 가서 수술하시든가요. 어차피 그 사랑니도 이런 동네병원에서는 못 뽑아요."

병원을 나와 길을 걸으며 손끝으로 계속 인중을 만지작거렸다. 두어야 하나…… 빼야 하나…… 빼자니 무섭고…… 두자니 켕기고…… 문득 〈인중을 긁적거리며〉라는 심보선의 시가 떠올랐다. 탈무드에 전해지는 한 이야기에서 출발하는 시였을 것이다. 천사가 엄마 뱃속의 아기를 방문해 전생을 잇도록 쉿, 하며 입술과 코 사이에 손가락을 댄 자국이 '인중'이라던가. 그러면 인중 쪽 잇몸 속에 숨어 있다는 내 여분의 이는 천사의 손톱쯤이라 여겨버릴까. 천사의 손톱이라면 몸 속에 하나쯤 간직하고 있어도 나쁠 게 없겠지. 혹시 또 아나. 행운이라도 가져다줄지······

구멍 속으로

다섯 살인 작은조카가 선물을 받았다. 알록달록 재미난 그림이 그려진 도시락 크기의 상자였다. 조카는 상자가 선물이 아니라, 상자 안에 선물이 있는 줄 알았나 보다. 안을 휘휘 저으며 어딨어? 어딨어? 하고 묻다가, 잠시 후 뭐라도 담지 않으면 안 되겠다는 듯 윗도리와 바지와 내복을 훌훌 벗어 상자 안에 집어넣으려고 애를 썼다. "그건 너무 커서 안 들어가는데?" 나는 웃음을 참으며 옷 대신 양말을 벗어 안에 넣으라고 시켰다. 양말을 넣은 후에야 아이는 상자가 자기 것이 되기라도 한 듯 끌어안고 쿵쿵 마루를 뛰어다녔다.

아이 엄마인 여동생이 옆에서 지켜보다 "쟤도 그러네?" 하며 미소를 흘렸다. "큰애가 저만할 때도 비슷한 일이 있었어. 누가 장난감 차를 줬는데, 문을 열고 운전석에 발가락을 집어넣는 거야. 제 딴엔 그 안에 들어갈 수 있을 것 같았나 봐."

작은조카를 보며, 큰조카의 이야기를 들으며, 아이들에게 크기와 부피의 개념이 생기는 건 언제쯤부터일지 궁금해졌다. 네 살 다섯 살 그 무렵엔 세상의 모든 구멍과 입구가 말랑말랑하게 줄었다 늘었다 하면서 제 몸도 다른 물건도 받아들일 수 있을 거라 믿는 걸까. 이상한 나라의 앨리스가 토끼굴 속으로 들어가 처음 겪은 모험은 물약을 마시고 25센티 정도로 키가 줄어드는 것이었다. 작은 구멍 속으로 들어가 보고 싶은 소망과 그럴 수 없음을 알게 될 때의 어린 실망감을, 작가 루이스 캐럴은 그런 식으로 어루만지려 한 것일지도 모른다.

집의 유령들

옷을 정리하다 인기척을 느꼈다. 흠칫 놀라 고개를 돌려보니, 휴, 옷걸이에 걸어놓은 외투다. 이런 식으로 가슴을 쓸어내린 일이 벌써 몇 번째인지 모르겠다. 설거지를 하다 등 뒤가 심란해 돌아보면 식탁의 빈 의자가 내 쪽을 향해 놓여 있다. 책상에서 일을 하다 뒤통수에 시선을 느껴 돌아보면 방 한쪽 모서리에 첩첩 쌓아두어 사람 키만큼 높아진 책 무더기다. 아직 자리가 잡히지 않아서 그런가, 피로가 쌓여서 그런가. 아니면 내 옷과 의자와 책을 기웃거리는 유령이라도 사나.

새로 이사 온 집은 삼십 년 전에 지어진 주택의 1층이다. 높은 건물들이 주위를 둘러싸고 있어 빛이 잘 들지 않는다. 1층에 살게 되었다는 말을 들은 지인들은 도둑을 조심하라고도 했다. 몇 년 전 대대적인 수리를 했다지만 세월의 흔적이 곳곳에 남아 있고, 창고와 뒤란 구석구석에 먼저 살던 주인들이 잊고 간 물건들이 눈에 띄기도 한다.

그동안 이 집에 몇몇 가족이 거쳐 갔다고 들었다. 어떤 사람들이었을까. 흉흉한 일이 있었거나 없었거나, 타인의 과거가 스민 자리에 이제 또 내 삶을 부리는구나 생각하니 어깨가 움츠러든다. 독일어에는 'unheimlich'라는 단어가 있다. 으스스하고 섬뜩하다는 의미인데, 어근이 되는 'heim'의 뜻은 '집'이란다. 친숙하고 안락해야 할 보금자리라 또한 그만큼 낯설고 기이하게 다가올 수 있는 거겠지. 하긴, 대물림되어 친숙함만이 묻어 있는 집에서 평생을 사는 이들이 이 시대에 얼마나 될까. 누구나 이사를 다닌다. 타인의 흔적 위에 내가 자리를 잡고 나의 흔적 위에 타인이 둥지를 튼다. 그 흔적들도 일종의 유령이라면, 늘 유령과 동거하고 있는 것인지도 모른다.

왁자지껄 외국어

지하철에서 졸고 있는데 저편에서 들뜬 목소리의 중국어가 들렸다. 네 명의 청년이었다. 캐리어 위에 배낭을 얹어두고 노선도를 유심히 살피는 걸 보니 공항을 갓 빠져나온 여행객들인 듯했다. 그들의 대화가 딱히 쩌렁쩌렁 울린 건 아니지만, 아무래도 외국어라 웅성거리는 잡음 사이에서 확실히 도드라졌다. 승객들 여럿이 그쪽을 힐끗거렸고, 내 옆에 앉아 있던 남자는 그들이 내리자마자 끝내 혀를 찼다. "중국인들 참, 남의 나라까지 와서 시끄럽기는."

며칠 후 나는 지하철에서 또 한번 들뜬 목소리의 외국어를 만났다. 이번에는 영어였고, 두 남자와 한 여자였다. 먼젓번의 중국어보다 결코 작지 않은 소리로 웃고 떠들었지만 그들은 주위를 개의치 않았고 다른 승객들도 그다지 신경을 쓰지 않았다. 뭐랄까, 영어 정도라면 한국의 공공장소에도 자연스레 녹아들 수 있다는 묵언의 합의라도 이루어진 것처럼.

'남의 나라'에서 '자기 말'의 데시벨을 낮추지 않는 것은 자연스러운 걸까 무례한 걸까. 이런 것도 같고 저런 것도 같고, 머리로 판단하려니 쉽지가 않다. 다만 감각은 머리보다 반응이 빠르다. 같은 현상인데도 떠들썩한 중국어는 무례하게 들리고 떠들썩한 영어는 자연스레 들린다. 한쪽에는 예민해지고 한쪽에는 심상해진다. 몸에 무의식적으로 스며든 외국어의 위계를 새삼 확인하게 된다. 말하는 사람의 목청 역시 그 위계에 따라 달라지겠지. 나의 한국어는 다른 나라에서 어떻게 들릴까. 어느 쪽이 됐든 씁쓸할 것 같다.

건망증

외출의 필수품은 두 가지다. 지갑과 휴대전화. 하나를 더하
자면 이어폰. 셋 다 자주 잃어버린다. 집 안에서 말이다. 시
간은 촉박한데 아무리 찾아도 나타나지 않아 발을 동동 구른
적이 한두 번이 아니다.

엊그제는 산책을 나가려는데 이어폰이 보이지 않았다. 가
방과 서랍과 필통 등 둘 만한 곳을 다 살폈는데도 오리무중.
결국 포기하고 나가려던 차, 마침내 찾아냈다. 한심하게도
바지 뒷주머니였다. 한데 이번에는 지갑이 보이지 않았다.
책상과 식탁을 두리번거리고 어이없게 냉장고까지 뒤져보다
가, 화장실 선반에서 발견했다. 그런데 휴대전화는 또 어디
간 거람. 침대 밑을 살피고 이불을 털어본 다음에야 소파 위
에 태연히 놓여 있는 게 눈에 띄었다. 어쨌건 준비 완료. 이제
신발을 신으며 휴대전화에 이어폰을 꽂으려고 하니, 젠장,
바지주머니에서 꺼낸 이어폰을 어디 두었는지 또다시 깜깜
한 것이다.

뭐 이런 건망증이 다 있나. 제 풀에 지쳐 소파에 주저앉았
다. 산책은 무슨 산책. 오늘은 집 안 산책이나 하라는 날이

네. 어떤 추리소설에선가 읽은 탐정의 말이 생각났다. 나무를 숨기려거든 숲에 가라. 시체를 숨기려거든 전쟁을 일으켜라. 눈에 가장 잘 띄는 곳이 가장 감추기 좋은 곳이라 했던가. 그러면 가장 익숙한 곳이 가장 잃어버리기 쉬운 곳이라는 말도 되려나. 이 멍청한 숨바꼭질도 흥미진진한 추리소설과 한 끗 차이일지 모른다고 억지 삼아 위안해본 하루였다.

다른 살구의 세계

번역소설을 한 권 읽기 시작했다. 원문은 세르비아어라 한다. 제목에 마음이 끌려 가볍게 집어들었는데, 직역에 가까운 뻑뻑한 문장 탓에 의미가 쉽게 들어오지 않아 애를 먹고 있다. 오래전이었다면 그냥 덮어버렸을 것이다. 호기심에 펼쳐들었을 뿐 어디에 리뷰를 써야 하는 것도 아니니 눈을 부릅뜨고 독파할 이유가 없다.

다만 요즘은 이런 거칠거칠한 번역에 괴롭힘을 당하면서 묘한 쾌감을 느끼기도 한다. 가령 이런 구절이 나온다. "살구처럼 푸르면서도 파란 눈." 우리말로는 썩 탐탁지가 않다. '푸르면서도 파란'이란 동어반복에 가깝고, 살구색이란 주황색에 가까운데 어떻게 살구처럼 푸를 수 있나 의문이 들기도 한다. '풋살구처럼 파란 눈' 정도로 번역되었다면 한국 사람의 감각에 더 잘 감겨들었을 것 같다. 하지만 "살구처럼 푸르면서도 파란 눈"이라는 좀 이상한 구절은, 고개를 갸우뚱하게 하는 동시에 내가 모르는 원문의 세계를 궁금하게 만든다. '푸르다'와 '파랗다'로 따로 옮겨진 원래의 세르비아어 단어들은 얼마나 차이가 지는 걸까. 그곳의 색채감각은 이곳의 색채감각과 어떻게 다를까. 그 땅의 살구는 어떤 햇빛을 받고 어떤 흙에서 자라기에 '살구처럼 푸르다'고 할 수 있는 걸까.

　매끄럽고 유려하기만 한 번역이었다면 나는 그곳의 삶과 그곳의 언어를 굳이 상상해보려 하지 않았을 것이다. 어떤 번역이 더 좋은가 하는 문제와는 별개로, 온전히 옮겨지지 않는 잉여를 통해 나는 다른 결의 언어, 다른 살구의 세계를 엿보기도 한다.

손맛, 종이맛

신문 구독을 중단한 지 한 달이 넘었다. 일부러 끊은 건 아니고, 이사를 오느라 예전 동네의 지국에 그만 넣어달라 부탁한 후 어영부영 다음 순서를 밟지 않았더니 그렇게 되었다. 이제껏 그냥 지낸 건 당장의 아쉬움이 없어서다. 정보의 속도로 치자면 SNS 쪽이 더 빠르고, 앱을 다운받으면 지면과 똑같은 구성의 신문을 아이패드로 볼 수도 있으니까.

그런데 슬슬 허전한 구석이 생긴다. 첫째는 손맛. 바닥에 펼쳐놓고 손끝에 침 묻혀 한 장 한 장 넘기며 세상사를 훑어보는 그 손맛 말이다. 둘째는, 종이맛이라 해야 할까. 발톱을 깎을 때, 프라이팬의 생선기름을 닦을 때, 깨진 그릇을 싸서 버려야 할 때…… 매일 쌓일 때는 처리하기 귀찮더니 막상 없으니까 이만저만 섭섭한 게 아니다.

신문은 하루치의 정보를 얇고 넓게 제공하고 버려진다. 지난 신문을 차곡차곡 쌓아놓고 거듭 새겨 읽는 사람은 별로 없을 것이다. 그게 정보화의 시대를 일군 신문의 힘이자 한계이자 운명이라 오랫동안 생각해왔다. 하지만 그게 전부일까. 2절 크기의 갱지에도 그 나름의 아우라가 있는 게 아닐까. 손맛으로 넘긴 신문은 종이맛의 신문지가 되어 살림의 구석구석에 끼어든다. 바닥에 깔리고 기름을 빨아들이고 충격을 흡수하면서 생활의 하찮은 자리를 도맡는다. 신문이 아니라 '신문지'에서 읽는 철 지난 기사는 그래서 애틋할 때조차 있다. 이제 다시 구독 신청을 넣어야겠다는 생각이 드는 건 그 손맛, 종이맛에 중독되었기 때문인지도 모른다.

나의 좌판

벼룩시장에 셀러로 참여하게 되었다. 제안을 한 친구는 가볍게 생각하라 했다. "안 읽는 책, 안 입는 옷, 안 쓰는 물건, 몇 가지 늘어놓으면 되는데 뭐." 듣고 보니 어려울 것도 없을 것 같아 흔쾌히 수락을 했다.

한데 막상 닥치니 그렇지가 않았다. 묵혀두기만 한 지 오래지만 어쨌건 소중히 보관해온 것들은 선뜻 처분할 결심이 서지 않았다. 그렇다고 쓸모도 애정도 없는 허섭스레기를 내놔봐야 남들 역시 눈길조차 주지 않을 게 뻔한 노릇. 팔려고 나가는 거면 어쨌건 좀 팔아야 하지 않겠는가. 고민을 거듭하며 이리 재고 저리 고른 끝에야 짐을 싸들고 나가 자리를 펼 수 있었다.

오락가락하는 마음은 거기서 끝이 아니었다. 좌판에 펴둔 내 물건을 누군가 만지작거릴 때마다 사갔으면 하는 마음과 구경만 하고 가버렸으면 하는 마음이 갈마들었다. 값을 정하는 건 또 어떤가. 아껴만 준다면야 거저 줄 수도 있겠으나 경험상 그렇게 손쉽게 얻은 것은 함부로 다루게 된다. 물건의 고유한 가치와 손때에 섞인 애정을 알아볼 눈 밝은 이를 기다

려 그의 지갑을 열게 할 수 있는 적정가격은 얼마일까.

물론 생초보 판매자인 내가 이런 '심오한' 셈을 해가며 북적이는 하루를 보낼 수 있었던 건 아니다. 어…… 천원이요, 어…… 만원이요, 하는 식으로 어설프게 값을 불렀고, 팔리면 팔리는 대로 섭섭했으며, 안 팔리면 안 팔리는 대로 서운했다. 돌아오는 길의 가방은 가벼운 것도 같고 무거운 것도 같았다. 내 일상을 이루던 것들에 알게 모르게 묻어 있던 감정들이 물건들 대신 들어 있었기 때문일 것이다.

아기다리고기다리던

열차를 기다리다가 '개집표기'라는 단어를 보았다. 생수를 마시고 있던 나는 푸, 물을 뿜을 뻔했다. 개집-표기. 이렇게 끊어 읽었으니 웃길 수밖에. 개집이 개집이지 개집을 어떻게 표기하라구. 한번 더 보고 나서야 '개표기'와 '집표기'를 함께 일컫는 단어라는 걸 깨달았다.

돌이켜보면 비슷한 경험이 여러 번 있다. 김동리의 소설 제목 〈흥남철수〉는 한국전쟁 때 '흥남'에서 '철수'하던 사건을 가리키는데, 나는 오랫동안 '흥남에 사는 철수'라는 사람에 관한 이야기일 거라 오해하고 있었다. 지금도 철수라는 이름을 대할라치면 흥남철수가 생각난다. 더 오래전의 기억을 들추면 '열중쉬어'가 있다. 운동장에서 조회를 설 때 열중쉬엇, 차렷, 구령에 따라 뒷짐을 졌다 풀었다 하면서 늘 궁금했다. 열중하면서 쉬라니. 어쩌라는 거지? 쉬려면 놀아야지, 훈화 말씀에 열중하면서 어떻게 쉴 수 있나. '열중쉬어'가 열列을 맞춘 가운데中 편한 자세를 취하라는 뜻이라는 건 성인이 되어서야 알게 되었다.

소리만으로, 혹은 한글문자만으로는 뜻이 명확히 새겨지

지 않아 나타나는 착오는 이외에도 많을 것이다. 고민해보아
야 할 우리말의 골칫거리 중 하나일 텐데, 나로서는 이런 착
오가 약간 즐겁기도 하다. 개집도 떠올려보고 흥남에 사는
철수도 상상해보고 열중하면서 쉬는 방법에 대해서도 머리
를 굴려보니 이 또한 묘미라면 묘미일 수 있지 않을까. '아기
다리고기다리던'은 띄어쓰는 게 맞지만, '아기다리'와 '고기
다리'로 리듬을 타는 것 또한 흥겹지 않은가.

잔머리 인상

고등학교 때 잠시 짝이었던 친구는 정수리 부분이 훤했다. 열예닐곱 여고생에게 대머리 징후가 나타난 건 물론 아니고, 독특한 버릇 탓이었다. 문제지를 풀면서도 교과서에 밑줄을 그으면서도 남은 한 손으로는 늘 머리카락을 뽑는 것이었으니, 어느 날 나는 그 애의 손을 잡고 진지하게 물었다. "대체 왜 그러는데?" 울상과 함께 돌아온 답은 이랬다. "잔머리 말야, 가리마 부분으로 삐죽삐죽 솟는 잔머리가 너무 싫어. 너무." 잔머리야 누구나 있는 거고 그 고약한 버릇 때문에 살이 드러난 정수리가 더 흉하다고 일렀지만, 남들 눈보다 자기 눈에 비친 모습이 중요하기 마련이니 소용없는 일이었다.

오랜만에 그때 일이 생각난 건 며칠 전 증명사진을 찍고 나서였다. 사진을 받아갈 생각으로 현상이 끝날 때까지 기다리고 있자니 사진관 주인이 보정 작업을 하는 것을 볼 수 있었다. 잡티를 지우고 입술선을 다듬고 얼굴선을 갸름하게 교정하고 짝짝이 눈매도 엇비슷하게 만들고…… 그리하여 출력된 사진에는 머리에서 어깨에 이르는 윤곽이 매끈하게 정리되어 오려붙인 듯 흰 바탕 위에 놓여 있었다. 잔머리를 숨아

낸 것처럼 휑해 보였다.

옛 짝은 학년이 끝날 즈음 예의 그 버릇을 버렸는데, 계기가 뭐였는지는 모르겠다. 여하튼 새로 솟은 머리칼에 손바닥을 댈 때의 간질간질한 느낌이 맘에 들게 되었다고 했다. 이 사진에서도 잔머리가 간질간질 솟아나면 좋으련만. 사진관을 나서면서 보정 전 파일을 함께 받아온 건 그 말을 하던 친구의 인상적인 표정이 떠올랐기 때문일 것이다.

홀씨 공포

골목 맞은편에 커다란 수양버들과 플라타너스가 있다. 옆에
선 고층건물의 창문으로 키를 어림해보니 수양버들은 7층 높
이, 플라타너스는 10층 높이. 청량한 바람소리를 들려주곤
하는 고마운 나무들이다.

　다만 요 며칠은 고마움 대신 원망 가득이다. 둘 중 어떤 나
무에서 온 것일까. 아침에 문을 열고 나가 보니 하얀 홀씨들
이 난분분 흩날리고 있었다. 지나치는 차창 밖 풍경이었다면
연방 찬탄을 날렸을 것이다. 사월의 벚꽃에 이어 오월에도
봄눈이 내리는구나 하고. 문제는 차창 밖이 아니라 집 주변
이라는 거. 고작 세탁소에 다녀왔을 뿐인데도 코끝이 간지럽
고 눈을 뜨고 있기가 어려웠다. 바람에 날리다가 바닥에 내
려앉은 홀씨들은 귀퉁이나 움푹한 자리에 모여들었는데, 봄
눈은커녕 죽은 새들의 몸에서 뽑혀나온 깃털뭉치 같았다. 그
것들은 전날 베란다에 널어놓고 미처 걷지 않은 빨래에도 자
잘하게 달라붙었다. 공기가 온통 이 모양이라 어디 대고 탁
탁 털 데도 없고 그대로 걸어 들어와 집 안까지 깃털 천지로
만들 수도 없으니 난감한 노릇이었다.

그날 밤은 비가 왔다. 내심 반가운 비였다. 아침이 되어 커튼을 열어본 후 밖으로 나갔다. 어제 습격의 잔해들을 치울 요량이었다. 그러나 빗자루를 넣어둔 지하창고를 여는 순간 흠칫 한 발을 뒤로 물리고 말았다. 판자문 틈새로 들어와 컴컴한 내부에 가득 쌓인 홀씨들이, 또한 그 판자문 틈새로 비쳐든 햇빛을 받으며 숨을 쉬고 있었다. 무슨 외계생물이 지구에 잠입해 몰래 까놓은 알들에서 막 애벌레가 부화하려는 풍경이 이럴까. 조심스레 빗자루를 꺼내 집 앞을 쓸면서 나는 다시 한번 표정을 일그러뜨리고 말았다. 습기를 머금은 홀씨들은 흉측한 얼룩처럼 바닥에 들러붙어 떨어지려 하지 않았다. 쓸어도 쓸어도 소용이 없었다. 음산했다. 으스스했다. 초록의 본능이. 나의 공간을 파고드는 식물의 집요하고 강인한 번식력이.

마림바

마림바는 악기다. 실로폰의 일종이라는데, 직접 본 적은 없다. 하지만 익숙하다. 어디서나 흔히 들리는 아이폰의 기본 벨소리를 '마림바'라 부르기 때문이다.

내 전화에서도 마림바가 울린다. 언젠가 영화관에서 그 소리가 울려 당황한 적이 있다. 진동으로 바꿔놓지 않은 줄 알고 조건반사적으로 가방에 손을 넣었더니, 벨소리의 출처는 영화 속 주인공의 휴대전화였다. 한번은 고속버스 안에서 휴대전화 액정화면으로 영화를 보다가 묘한 흥분을 느끼기도 했다. 그 영화 속에서도 마림바가 울리는 장면이 있었는데, 내 아이폰 속의 아이폰에서 그 소리가 흘러나오니 내게 전화가 온 것만 같았다. 여보세요, 라고 하면 영화 속의 인물과 통화를 하게 될 듯한 착각.

어렸을 때 큰집에는 미닫이문이 달린 흑백 TV가 있었다. 그때로서도 꽤 오래된 물건이라 브라운관 가장자리가 덜렁거렸는데, 어느 날 축구 중계를 보다가 저 유리를 걷어내고 안쪽에 발을 들이밀면 경기가 진행되는 축구장으로 바로 갈 수 있는 게 아닐까 궁금해했던 기억이 난다. 가상과 현실의 경계에 대한 최초의 의문이었다. 어린애라서 할 수 있는 소박하고 썰렁한 상상이었을 테지만, 이제 다시 그 경계가 헷갈려 문득문득 '마림바 착각'에 사로잡히는 걸 보면 꼭 그렇지만도 않은 것 같다. 그 착각에 재미가 들려 흔하디 흔한 이 벨소리를 바꾸지 않고 있다.

카드 한 장 동전 한 닢

십몇 년 전의 일이다. 약속시간에 촉박하게 집을 나선 탓에
정거장의 버스를 보고 전력질주하여 올라탔는데, 버스가 출
발한 다음에야 지갑을 두고 온 걸 알았다. 가쁜 숨을 몰아쉬
며 이리 비틀 저리 비틀 가방을 뒤져도 버스비만큼의 동전이
나오지 않으니 어쩌나. 비굴한 어조로 운전기사에게 사정을
말했다. 대답이 없었다. 선글라스를 끼고 있어 표정을 읽을
수도 없었다. 내릴까요, 하고 기어들어가는 목소리로 물었
다. 설마, 싶었는데, 야박하게도 그는 다음 정거장에서 앞문
을 열고 고갯짓으로 하차를 재촉했다. 쫓겨나듯 내렸다. 하
필 간격이 뜬 정거장이었다. 인적조차 드물었다. 황망히 주
위를 둘러보다 터덜터덜 걸어 집으로 돌아왔다. 약속이고 뭐
고 이미 물 건너간데다 운전기사에 대한 원망도 겹쳐 울컥 눈
물이 쏟아졌다.

　그때 일이 떠오른 건 며칠 전 또다시 지갑을 두고 나와 하
루를 보낸 후였다. 이번엔 다행히 뒷주머니에 후불교통카드
가 있어 버스 걱정을 할 필요는 없었다. 그래도 꽤 불편한 날
이 되겠거니 짐작했는데, 웬걸, 동전 한 푼 없이도 거뜬했다.

편의점에서 음료수를 사고도 분식집에서 김밥 한 줄을 먹고도 카드를 내밀었다. 도서관에서 복사를 맡기는 것도 카드로 가능했다. 친구를 만나 맥주를 곁들여 저녁을 먹은 후에는 호기롭게 "내가 쏠게!" 하고 카운터로 향했다.

달랑 카드 한 장이면 안 되는 게 없단 말이지. 약간의 취기 때문인지 마음이 가벼웠다. 오만 가지 영수증과 적립카드로 두툼해진 지갑이 없으니 가방도 가벼웠다. 하지만 이 가벼움은 허전함 같기도 했다. 편리함을 얻는 대가로 나는 카드의 네트워크 속에 뭔가를 흘리고 다니는 걸까. 그 뭔가가 뭔지 정확히 알 수 없는 채로, 버스에서 쫓기듯 내렸던 오래전의 하루가 머릿속을 스쳐갔다.

벌레들

"이명이 있어요. 칠 년 전부터." C가 입을 열었다. 조용한 실내였다. 처음 만난 사이라 우리 사이에는 서먹한 정적이 자꾸 끼어들고 있었다. "지금도요?" 내가 묻자 C는 고개를 끄덕이며 사연을 들려주었다.

 이명은 조짐 없이 찾아왔다고 한다. 윙, 윙, 하는 소리가 쉬지 않고 들리기 시작했다. 소리 자체도 힘들었지만 그녀를 한층 괴롭힌 건 출처를 알 수 없다는 것이었다. 어디서 오는 소리일까. 답답하기 짝이 없어 C는 벽에 귀를 대어보기도 하고 심지어 옷장을 뒤지기도 했다. 왜 들리는 걸까. 돌이켜봐도 그즈음 특별히 아픈 데가 있었던 것도 아니고 심인성이라 할 만한 정신적 충격을 받은 것도 아니었다. 병원을 전전했지만 원인을 찾을 수 없었다. 한약도 먹어봤으나 나아질 기미가 보이지 않았다. 그러다 마음을 비우고 이명과 '함께 살기로' 체념한 것이 약 삼 년 전. "이젠 그러려니 해요. 다만 지금처럼 갑자기 적막해지면 존재감이 확 느껴지죠. 기묘해요. 나의 일부인 것 같다가도 귓속에 무슨 소리벌레가 기생하는 것도 같고." 나에게 속한다고도 나의 외부에 있다고도 할 수 없는 미심쩍은 소리. 몸 안팎의 구분을 흐려놓는 소리. 늘 그 소리와 함께 살고 있자니 C는 깊은 고요의 시간이 무척 그립다고 했다.

다시 말이 끊어졌다. 나는 시선을 어디 둬야 할지 난처해져 멀뚱히 흰 벽을 바라보았다. C의 소리벌레 이야기를 듣고 난 탓일까, 내 눈앞에도 문득 꼬물거리는 벌레들이 몇 가닥 선명해졌다. 비문飛蚊이었다. '비문'은 안구 속 유리체의 부유 물질에 의해 생기는 것이라고 하던데, 의학적 원인이야 어찌 되었건 몸 바깥의 허공에서 제멋대로 떠다니는 것처럼 보인다. 이명과 비문. C와 나 사이의 어색한 공기를 타고 벌레들이 움직이고 있었다. 몸의 안에 있다고도 밖에 있다고도 할 수 없지만 그렇다고 헛것이라고만도 할 수 없는 반투명한 벌레들이.

그녀

여성 3인칭 대명사 '그녀'는 일본어 '카노죠彼女'에서 유래한 단어다. 식민지 시대부터 쓰였으니 역사가 채 백 년이 안 된다. 나는 글을 쓸 때 이 단어를 사용할까 말까 망설일 때가 많은데, 유래에 거부감을 느끼기 때문은 아니다. 일본제 단어는 워낙에 부지기수라 피하려야 피해갈 수도 없다.

다만 내 글에 등장하는 어떤 이를 '그녀'라고 지칭하는 순간, 그 사람이 가진 수많은 특성은 거세되고 '女'라는 성별만 도드라지는 기분이 들어 편치가 않다. 엄마를, 할머니를, 벗들을, '그녀'라고 쓰기가 저어된다. 여자임이 분명하더라도 나와 맺는 관계 속에서 여자이기만 한 것은 아니기 때문이다.

고심 끝에 한때는 대명사를 써야 할 경우 여자 남자 가리지 않고 '그'로 통일시켜보려 한 적도 있다. '그녀'라는 단어가 성별을 표나게 강조하는 것과 달리 '그'라는 단어에는 딱히 남자라는 정보가 들어 있는 것도 아니니까. 하지만 그렇게 써보니 습관의 벽이 또 만만치 않음을 깨닫는다. '그녀'라고 할 때 여자라는 점이 너무 도드라지는 것과 반대로, '그'라고 하면 여자라는 점을 억압하는 것 같아 다시금 편치가 않다. 문맥이 확실히 받쳐주지 않는 경우 남자로 오해될 소지가 크다는 것은 말할 것도 없다. '그녀'의 반대말로 '그남'이 있지 않으니 말이다. 결국은 케이스 바이 케이스, 나는 나의 여자들을 글 속에 등장시켜야 할 때 '그'와 '그녀' 사이에서 여전히 갈팡질팡한다. 삶과 언어의 간극을 이렇게 또한 절감한다.

매직박스

목이 사라졌다. 지하철 차창에 비친 내 모습 얘기다. 타고 있던 객차는 유리창이 아래위 두 칸으로 나뉜 구형 모델이었다. 아래쪽 큰 유리는 틀에 고정되어 있고 위쪽 작은 유리는 윗부분을 당겨서 여는 틸트 식 창. 열릴 수 있게 되어 있어도 열려 있는 걸 본 적은 없는데, 급정차의 충격 때문인지 그때 살짝 열리며 아래위 유리 사이에 미세한 각이 만들어진 것이다. 그 각이 감쪽같이 목을 없애버렸다. 위쪽 유리에는 머리가, 아래 유리에는 어깨와 가슴이 비쳤다. 어깨 위에 덜렁 머리통만 얹힌 모습이 우스웠다. 발끝을 들어보았다. 목이 길게 빠져나오는 대신 어깨가 사라졌다. 팔은 몸통에서 떨어져 허공에 따로 떠 있는 것처럼 보였다.

오래전 TV에서 보았던 마술쇼가 떠올랐다. 매직박스에 들어가 손가락과 발가락을 작은 구멍으로 내밀고 마술사의 칼질에 스스럼없이 몸을 맡기던 여자. 토막 난 상자 속에서도 여자는 방글방글 웃으며 구멍 밖으로 내민 손가락 발가락을 꼼지락거렸고, 상자가 재조립되면 짜잔, 건재한 몸으로 인사를 건넸지만, 그런 프로그램을 본 날이면 으레 잠자리가 사

나왔다. 토막 난 몸이 다시 붙지 않으면 어쩌지? 상자의 순서
가 뒤바뀌어 머리가 배꼽 위에 올라앉으면? 눈속임이 있을
거라는 걸 몰랐던 건 아니나, 이불 속에서 뒤척이고 있노라
면 이런 망측한 상상에서 벗어나기가 쉽지 않았다.

그 상상이 지금 차창에 비친 것만 같다. 사라진 목을 만져
본다. 사라진 어깨를 으쓱해본다. 전동차가 환승역에 닿는
다. 우르르 들고나는 승객들에 밀려 내 모습이 통째로 사라
진다.

밤의 고양이

비가 제법 쏟아지던 밤, 집에 들어서다 베란다에 오도카니 앉아 있는 고양이를 보았다. 차양만 있고 바깥으로 뚫려 있는 공간이니 비를 피하러 온 것이었을 게다. 뒷발을 접고 골목을 하염없이 바라보고 있는 실루엣이 가로등 역광 속에서 도도하게 드러났다. 나의 기척이 들리고 현관의 자동센서에 불이 들어오자 녀석은 난간을 넘어 급히 모습을 감췄다. 굳이 그럴 생각은 아니었는데, 어쨌건 빗속으로 쫓아낸 셈이되어 유감이었다.

그 유감 반에 호기심 반이 섞여 다음날부터 베란다 구석에 사료와 물을 놓아두기 시작했다. 처음 며칠간은 빈 그릇을 확인하고서야 밥을 먹고 목을 축인다는 것을 알 수 있었다. 다음 얼마 동안은 경계를 하며 줄곧 두리번거리면서도 나를 피하지 않고 밥그릇에 머리를 묻는 일이 잦아졌다. 그리고 요즘은 내가 있건 말건 괘념치 않는 듯이 보이는데, 실은 깊은 밤에만 다녀가니 짐작이 그러할 따름이다.

엊그제 고양이와 나는 세 보폭 정도의 거리를 두고 마주 앉아 있었다. 나는 아직 녀석의 생김새를 잘 모른다. 조금 더 그

284

쪽으로 다가가거나 손전등 불빛을 비추면 재빨리 도망가버려서 털이 무슨 색깔인지, 어떤 얼굴을 하고 있는지 확인할 수가 없다. 하지만 빛에 예민한 고양이는 밤눈이 밝다니까 내 모습과 표정이 잘 보이지. 공평한 어둠 속에서 정직하게 얼굴을 마주하고 있는데도 고양이는 나를 뚜렷이 보고 나는 고양이를 잘 볼 수 없다니 살짝 억울하기도 하다. 시선을 교환하는 사이가 되기까지는 시간이 더 필요하겠지.

2014. 4. 16.

생명의 전화

자정 넘어 바람을 쐬러 나왔다가 한남대교를 건넜다. 한강을 걸어서 건너보기는 처음이었다. 넓긴 참 넓다. 한참을 걸어도 저쪽 끝이 멀다. 다리 중간에 닿았을 즈음, 난간에 회색 상자가 매달려 있는 게 보였다. '생명의 전화'라 씌어 있었다. 지금 힘드신가요? 당신의 이야기를 들어드리겠습니다. 이런 문구와 함께.

바로 옆에는 서너 개의 계단 아래 반원형으로 튀어나온 작은 전망대가 마련되어 있었다. 난간 높이도 다른 데보다 약간 낮았다. 팔꿈치를 대고 아래를 굽어보았다. 수많은 자동차가 속력을 높여 다리 위를 달리는데도 밤의 강물은 고요했다. 도시의 불빛들이 멀리서 반짝이고 강변북로와 올림픽대로의 헤드라이트들이 촘촘한 간격으로 움직였지만 밤의 강물은 그저 검고 깊었다. 그리고 주위에는 아무도 없었다.

얼마쯤 그 자세로 있었을까. 울적하고 스산했다. 여기서 뛰어내리면 쥐도 새도 모르겠구나. 그런 생각이 든 게 하필 생명의 전화 때문이니 이 무슨 아이러니일까. 다리 한가운데 전화를 설치한 목적은 절망 끝에 투신을 작정한 사람의 마음을 돌려보려는 것일 텐데, 오히려 없던 마음을 불러일으키면 어쩌나 싶어진 건 괜한 노파심일까. 금지나 만류의 언어는 이상한 효력을 지닌다. 아무 생각이 없다가도 '하지 마라'는 전언에 닿는 순간 할 수도 있다는 가능성을 깨닫는다. 무심코 흘려들을 이야기가 '비밀'로 강조되는 순간 누설의 욕망을 불러일으킨다.

진도 앞바다 검은 물밑에는 여태 수많은 사람이 잠겨 있다. 살아 돌아올 희망이 꺼져간다. 그래서 생명을 구하려는 전화조차 이렇게나 불길해 보인다. 2014. 4. 22.

토성과 멜랑콜리

"그거 알아? 인간이 지구 안쪽으로 뚫고 들어간 게 겨우 12km라는 거? 보이저 1호는 지구 바깥으로 몇십억 킬로를 날아가는 중인데 말야." 지역주민을 위한 공동체 운동을 하는 J가 이 말을 한 건 이삼 년 전이었다. 한 농성장에 대한 이야기가 오간 끝이었던 것 같다. 그는 착잡한 미소를 지으며 나름의 해석을 덧붙였다. "각자의 화산이 끓고 있는 인간의 마음속. 그 속으로 들어가는 게 얼마나 어려운지 지구가 알려주는 셈이지." 대안 네크워크를 꾸리는 동안 부딪힌 여러 난관, 사람들이 보여준 뜻밖의 열정, 또 사람들로부터 받았던 예기치 않은 상처들이 그로 하여금 이런 생각을 하게 했으리라.

이제 와 J의 말이 다시 떠오른 건 세월호가 가라앉아 있는 수심 37m 때문일 것이다. 첨단의 기계문명 속을 살고 있는 줄 알았는데 12km는커녕 50m도 안 되는 물속이 이렇게 속수무책이라니. 수습에 나서줘야 할 사람들의 내면도 이렇게 오리무중이라니.

사월의 밤하늘엔 토성이 뜬다. 저녁 8시쯤 떠서 아침 6시쯤에 지니 이즈음은 일 년 중 토성을 가장 잘 볼 수 있는 시기다. 토성은 오랫동안 침울함의 별, 멜랑콜리의 별로 알려져왔다. 그 침울함을 상쇄시켜줄 만큼 아름다운 고리도 지녔건만, 고리를 찍어 송신해준 보이저 1호는 태양계를 넘어 한없이 멀어져가고 있고, 물밑에 대한 일말의 희망 또한 그렇게 멀어져가고 있다. 맨눈으로 본 토성에는 고리가 없다. 지금은 토성의 어두운 기운만이 이 땅을 덮고 있는 듯하다.

2014. 4. 28.

부러움의 저울

"네가 아이 안 낳은 거, 잘한 걸지도 몰라." 네 살 아이를 둔 H가 무겁게 말했다. 일과 육아를 병행하느라 늘 허덕거리면서도 아이를 키우는 것이 얼마나 근사한 경험인지 눈을 빛내며 곧잘 얘기하던 친구였다. "요즘은 목욕을 시키다가도 밥을 먹이다가도 눈물이 나. 왜 이렇게…… 작고 약한 거지?"

우리의 대화가 그쪽으로 흐른 건 세월호가 마음을 짓눌렀기 때문만은 아니었다. H가 유아의 엄마였기 때문만도 아니었다. 요즘 들어 부쩍 자주 나는 아이를 낳지 않은 것이 '잘한 결정'이라는 말을 들었다. 한 선배는 심지어 부럽다고까지 했다. 중학교를 다니는 딸의 얼굴에 불행의 기색이 역력한데 손을 써볼 도리가 없다는 것이었다. 선배의 얼굴은 수심이 깊다 못해 울상이 되어 있었다.

나는 부럽다는 말이 진심이 아니라는 걸 안다. 살벌한 현실 앞에서 느끼는 무력감과 죄책감이 그런 말을 흘리게끔 만들었을 것이다. 육체적으로나 정신적으로 홀로 설 수 없는 아이들을 돌볼 의지가 없는 매정한 사회. 아이들의 마음은 경쟁의 전쟁터 속에 몰아넣고 아이들의 몸은 폭력과 학대 속에

방치하는 냉혹한 사회. 부모가 돌보지 못하는 아이들은 해외로 입양 보내고 부모가 외국인인 아이들은 무국적으로 팽개쳐 두는 몰염치한 사회. 어쩌다 나는 이런 몹쓸 사회의 구성원이 된 것일까.

누가 누구를 부러워해야 한다고 생각하지 않는다. 그러나 정 그래야 한다면, 아이를 키우는 이들이 아이가 없는 나를 부러워하느니, 아이가 없는 내가 아이를 키우는 이들을 부러워하는 게 낫다. 최소한 그런 세계에 살아야 한다. 2014. 4. 29.

기울기

구기동에 있는 작은 전시공간을 찾았다. 희고 깨끗한 벽에 작품을 설치하는 일반적인 미술관과 달리 낡은 건물의 침침하고 얼룩덜룩한 내부를 그대로 활용하는 곳이었다.

내가 안으로 들어선 건 오후 세시 무렵이었을 것이다. 전시 작품들 사이에 커다란 통유리창이 있었다. 그 너머로 건물과 벽돌담 사이의 좁은 뒤란이 눈에 들어왔다. 지난해의 낙엽이 수북이 쌓인 바닥 위에 새로 돋은 풀 두어 포기가 무릎 높이로 자라 있었다. 담벼락에 바로 가로막혀 있건만 어둑한 실내와 대비되는 환한 공간이었다. 가벼운 바람에 풀잎들이 살랑거렸고, 유리 위에는 한 줄기의 쨍한 햇살이 사선으로 떨어지고 있었다. 그 앞에 멍하니 한참을 서 있자니 질문이 하나 스쳐갔다. 햇빛이 그리는 저 선분의 기울기는 얼마일까.

선분. 기울기. 고등학교를 졸업한 후 거의 써본 적 없는 이런 수학 단어가 떠오른 건 한 소녀의 목소리가 뇌리에 남아 있었기 때문일 것이다. 세월호 안에서 삶의 마지막 순간을 동영상으로 기록하며 소녀가 읊조린 혼잣말. 배가 되게 많이 기울었다…… 근데 기울기는 어떻게 계산했지?……

무섭고 절박한 아침을 이토록 차분하고 아름다운 유머로 견디려 했던 그 아이는 이제 이 세상에 없다. 다만 여기, 기울기가 있다. 나는 햇살이 아니라 기울기를 보고 있다. 해는 움직이고, 기울기는 조금씩 변하고, 유리를 두른 검은 창틀은 액자인 것만 같다. 떠난 아이들의 마음을 담은 영정사진인 것만 같다. 아니, 그 아이들이 남긴 작품이 벽에 걸려 있는 것만 같다. '기울기'라는 제목의 작품이. 2014. 5. 13.

블루칼라 판타지

지난 4월 하반기, 그러니까 4월 16일 이후 보름간, 한 포털사이트의 검색어 1위가 '이민'이었다는 말을 들었다. 절로 고개가 끄덕여졌다. 그만큼 실감이 강했다. 누구와 만났든 몇이 모였든 어김없이 이민이 화제로 오르곤 했으니까. 한숨이 섞인 빈말도 있었고, 고생 끝에 외국에 정착한 친척 이야기도 있었으며, 이민 생활을 접고 귀국하려다 세월호 때문에 마음을 바꾼 지인 이야기도 있었다.

시인 S는 두어 해 전 이민 수속과 절차를 구체적으로 알아보다 포기하고 말았는데, 그때 일이 다시 떠오른다고 했다. 자신에게 유일한 가능성은 배관공 자격증을 따는 것이었다나. 그 외에는 일단 나가 미등록으로 눌러앉는 수밖에 없더라는 것이다. "이민을 받아주려면 그쪽 나라에서 쓸모 있는 노동력이어야 하잖아. 아니면 자금을 싸들고 나가 사업을 벌여 일자리라도 창출할 수 있거나. 그런데 돈이 있어? 나이가 어려? 말이 통해? 할 줄 아는 거라곤 한국어로 쓰거나 가르치는 것뿐인데, 여기 벗어나면 그걸 어디다 써먹겠어?"

우리의 대화는 한탄으로 이어졌다. 책상머리에 앉아 펜대

굴리는 게 무슨 벼슬인 줄 알았는데 운신의 폭을 턱없이 좁혀 옴짝달싹 못하게 만드는 올가미더라는 거. 그리고 있자니 머릿속에 블루칼라 판타지가 점점 부풀어 올랐다. 에라 더럽다 하고 훌훌 떠날 수 있으려면 용접이든 미용이든 몸 쓰는 기술 하나 익혀야 한다며 주억거렸고, 일찍 깨달았다면 인생이 달라지기라도 했을 것처럼 아무나 어린 사람을 붙잡고 설교라도 늘어놓고 싶은 심정이었다. 환멸이 깊어가는 시절, 육체노동의 고달픔을 모르는 책상물림은 이런 넋두리로나마 다른 세상을 상상하고 싶었다. 2014. 6. 4.

단원 김홍도

이태원의 큰길에서 목에 이름표를 걸고 있는 몇 사람과 마주쳤다. 이름표에 적힌 글자는 '단원미술관'. 그곳 주최로 무슨 행사나 탐방프로그램이 진행 중인 모양이었다. 나는 단원미술관이라는 데가 있다는 것을 그제야 처음 알았는데, 그런 이름을 건 미술관이 있는지조차 몰랐다는 사실이 조금 계면쩍기도 했다. 단원 김홍도라면 우리나라에서 가장 유명한 화가 중 하나가 아닌가. 미술관 이름으로는 더할 나위 없이 제격인데 말이다.

집에 돌아와 단원미술관이 어디에 있나 검색해보았다. 안산이었다. 김홍도는 안산에서 태어났다고 한다. 역시 몰랐던 사실이다. 안산의 단원이라. 그렇다면 세월호에 탑승했던 학생들이 다닌 단원고등학교의 '단원'도, 김홍도의 그 '단원'이란 말인가.

단원의 그림들을 훑어본다. 유머러스한 풍속화들이 마음을 흐리게 한다. 그중 서당을 그린 작품에 오래 시선이 머문다. 소년이 울고 있다. 운다기보다는 서러운 눈물을 훔치고 있다는 표현이 더 맞을 것이다. 볼을 붉히고 있는 것은 오히려 훈장님이다. 사뭇 난처해하는 얼굴인데, 빙 둘러앉은 다른 아이들은 하나같이 웃겨 죽겠다는 표정. 무슨 일이 있었길래 따끔한 회초리가 지나간 교실에 이리 훈훈한 기운이 감도는 걸까.

그림 속에는 한 명의 훈장님과 아홉 명의 아이들, 총 열 명이 있다. 바닷속에는 아직도 열한 명의 실종자가 있고, 그중 다수가 단원고 학생과 선생님이다. 앞으로 단원의 이 그림을 볼 때마다 단원고의 어떤 교실과 세월호가 함께 떠오를 것만 같다. 기억은 늘 예기치 않은 자리에서 호출된다. 2014. 7. 8.

히드라

그리스 신화에 나오는 히드라는 머리가 아홉 개 달린 괴물 뱀이다. 목을 치면 그 자리에서 새 머리가 돋아나며, 그중 하나는 영생불사라 벨 수조차 없다. 이 넘치는 생명력은 다만 신화적 상상의 산물만은 아니다. 연못이나 늪에 사는 조그마한 강장동물 히드라도 죽음을 모른다. 온몸이 줄기세포로 이루어져 있어 무한분열과 막강재생력을 자랑한다. 분자생물학을 전공하는 K가 전해준 바에 따르면 히드라가 실험실의 연구대상이 된 건 1991년부터인데, 그때부터 키운 손톱만 한 생물이 노화와 쇠약의 징후 없이 여태도 건재하다고 한다.

　그의 이야기를 듣고 나는 무심히 감탄을 흘렸다. 와. 여기저기서 줄기세포 타령이더니 그럴 만하네. 사람의 몸도 히드라처럼 통째 줄기세포면 얼마나 좋을까. 늙지도 않고 흉터도 남지 않고…… 그러자 K는 야릇한 표정을 지었다. "주름과 흉터만 안 남는 게 아니라 기억도 안 남을 텐데? 기억이라는 게 뇌세포에 쌓이는 일종의 정보잖아. 무한분열 무한증식하는 뇌세포를 따라 기억도 몸 밖으로 줄줄 흘러나가겠지. 아무 데나 있는 동시에 아무 데도 없는, 그런 상태가 될걸?"

그런가. 당장은 거부감이 들어 고개를 저었는데, 요즘 세상을 떠올리니 그러면 또 어떤가 하는 생각도 든다. 나의 마음이 그대로 너의 마음이고, 아프리카의 마음이 곧장 이곳의 마음이며, 세월호 유가족의 마음도 고스란히 전해질 수 있을 텐데. 자식 잃은 부모들 앞에 공감능력 제로의 몰지각한 말들이 우수수 쏟아지는 시절이라 히드라처럼 진화한 신인류를 머릿속에 그려보게 된다. 2014. 8. 11.

零

지난주 날씨는 내내 괴괴했다. 더위는 가다 말다 했고, 비는
오다 말다 했으며, 공기는 습하기 그지없어 손가락으로 허공
을 쿡 찌르면 아무 데서나 물방울이 떨어질 것 같았다. 휴지
통에는 날벌레가 꼬였다. 널어놓은 빨래는 이틀이 지나도록
제대로 마르지 않아 퀴퀴한 냄새가 났다.

　빨래를 걷어들인 후 내가 광화문 광장을 향해 집을 나선 것
은 묵지근한 공기 속에서 가는 비가 다시 애매하게 부슬거릴
즈음이었다. 우산을 두어 번 접었다 폈다 하는 사이, '영零'이
라는 한자가 생각났다. 바로 이런 비일까. 0이라는 뜻으로만
새겨두었던 이 글자가 '조용히 오는 비'를 가리키기도 한다
는 것을 안 건 몇 달 전 L을 통해서였다. 소리 없이 비가 내려
땅에 스미면 아무것도 남지 않는다 하여 0이라는 뜻이 나중
에 파생되었다던가. 비에서 0이 나왔다? 나는 그 의미의 낙
차가 놀라웠다. 13획의 제법 복잡한 한자로 '없음'을 나타낸
다는 아이러니가 신기하기도 했다.

　그러나 버스가 광화문 광장에 닿아 유민 아빠가 머물던 단
식천막을 저만치에 두었을 때는 그저 착잡할 따름이었다. 여

름도 가을도 아닌 무소속의 날씨. 무소속의 비. 雨이 피부에 닿았다. 비는 소리 없이 내려 땅에 스밀 것이다. 흔적은 눈에 보이지 않을 것이다. 하지만 0은 그저 '없음'이 아니다. 모든 수의 시작이기도 하다. 세월호 사건으로 떠난 아이들이 그런 0이 될 수 있도록, 없는 0이 아니라 시작을 위한 0이 될 수 있도록, 딸을 잃은 아비가 사십일 넘게 곡기를 끊고 있다. 다만 나는 두렵다. 이 사람이 또 하나의 0이 되면 어쩌나 너무너무 두렵다. 2014. 8. 25.

양 한 마리

너희 생각에는 어떠하냐. 어떤 사람에게 백 마리의 양이 있는데 그중 하나가 길을 잃으면 아흔아홉 마리를 산에 남겨두고 길 잃은 한 마리를 찾아 나서지 않겠느냐.

〈마태복음〉 18장 12절, 누구나 익히 알고 있는 예수님 말씀이다. 교회에 다니지 않는 나는 이 구절을 접할 때마다 마음이 복잡하곤 했다. 너희 생각에는 어떠냐고 물으시니 내 생각도 물으시는 것 같은데, 그럴 거라며 머리를 조아리기엔 의문이 거듭 피어올랐다. 남은 아흔아홉 마리는 어쩌라고? 그중 또 하나가 길을 잃으면? 늑대라도 와서 물어 죽이면? 겁에 질려 다들 뿔뿔이 흩어지면? 양치기의 심정에 집중할 수 없는 나로서는 아무래도 '머릿수'가 더 절실하게 다가올 따름이었다.

예수님의 말씀에 비로소 고개를 숙이게 된 건 며칠 전 포도 농사를 짓는 김성순 선생의 인터뷰 기사를 읽으면서였다. 그는 길 잃은 양 한 마리를 이렇게 해석했다. 하나가 떨어져 간다는 건, 100분의 1이 깨져나가는 게 아니라 전체가 다 망가졌다는 뜻이라고. 이 말이 한층 사무친 건 세월호 희생자

304명 때문일 것이다. 304명이라면 한 해 교통사고 사망자에 비해 별로 많은 것도 아니라고 어느 분이 그러셨더라. 그뿐이랴. 수치로만 따진다면야 이 땅 인구수의 십만분의 일도 안 된다. 하지만 그 304명을 속수무책 잃음으로써, 전체가 형편없이 망가졌다는 걸 두 눈 똑똑히 확인하고 있다. 망가진 걸 근본에서부터 바로잡으려는 첫걸음조차 이렇게 떼기가 어려우니. 남은 아흔아홉 마리 모두 길을 잃은 것과 다를 바 없다. 2014. 9. 2.

season 7

우산을 위한 비

비가 온다. 비가 오기를 기다렸다. 개시해야 할 우산이 있기 때문이다.

가방에서 모르는 우산이 나온 건 약 한 달 전이었다. 그 전날 늦은 술자리가 파하면서 생각 없이 챙긴 모양이었다. 펴보았다. 살이 튼튼하고 5단으로 착착 접히는 풀색 우산. 부담 없이 가방에 넣어다니기 좋은 앙증맞은 사이즈에 새것이나 다름없었다.

잃어버린 사람이 속상해할 것 같아 휴대전화로 우산을 찍은 다음 함께 있었던 이들에게 메시지를 보냈다. "이거 누구건가요?" ㅋㅋ, ^^;; 하는 답들이 돌아왔다. 혹시나 싶어 트위터에도 임자를 찾는다는 글을 사진과 함께 올렸다. 그때 뒤늦은 답문자가 도착했다. "그 녀석, 어제 네 앞을 떠날 줄 모르던데-.-?"

문자와 우산을 번갈아 바라보았다. 녀석이라. 그 단어가 우산을 가리키니 왜 갑자기 없던 친근감과 욕심이 뭉게뭉게 솟아나던지. 그날 나는 트위터 멘션창을 자주 확인했는데, 주인이 나타나길 기다린다기보다는 나타나면 어쩌나 걱정하

는 마음이었다. 훔친 것도 아닌데 조바심이 났고, 책상 위에
두고 눈독을 들이는 사이 애착은 조금씩 커져갔다.

이만하면 충분히 기다려준 거겠지? 시일도 어지간히 흘러
나는 느긋해졌다. 일주일 안에 찾아가지 않는다면 찾을 생각
이 없는 것 아니겠는가. 그런데 뜬금없이 주인이 나타나 멘
션을 남겼다. 근 한 달 만이었다. "제 건데요. 그냥 가지세요
ㅋㅋ" 흔쾌한 메시지였건만 이 서운함은 또 뭘까. 어쨌건 펼
쳐 쓰고 빗속을 일단 걸어야 진짜 새 주인이 될 것 같은 기분.
그래서 비가 오기를 기다렸다. 나의 우산을 위한 비를. 밖에
비가 온다. 오늘이 그날이다.

고야

"고야 먹을래?" 할머니가 TV를 보다가 불쑥 말씀하셨다. "고야? 무슨 과자예요?" 출출하지 않았던 나는 짐짓 셈베나 깨강정 같은 거려니 하며 무심히 물었다. 답답했던지 할머니는 가타부타 말없이 '고야'를 쟁반에 담아 오셨다. 생긴 건 자두 모양이고 크기는 방울토마토만 한 과일이었다.

맞다. 어렴풋이 기억이 났다. 앵두. 고야. 자두. 살구. 하나같이 예쁜 이름을 지닌 초여름의 과일들. 마침 방에서 나온 엄마가 쟁반을 보고는 말을 보탰다. "그거 고야 아니고 자두야. 알이 잘아서 싸게 팔더라." 고야는 크기가 더 작고 과육은 더 단단하며 색도 더 짙다는 것이다. 엄마는 아쉽다는 듯 이렇게 덧붙였다. "고야를 언제 먹어봤는지 기억도 안 나네. 요즘은 좀처럼 파는 데를 찾을 수가 없어."

그제야 내 머릿속에도 차츰 선명해졌다. 한 입 크기의 검붉은 고야를 우물우물하다가 누가 멀리까지 씨를 뱉나 동네 친구들이랑 내기도 했었지, 아마? 스마트폰으로 '고야'를 검색해보았다. 토종자두를 영서지역에서 특히 이렇게 부른다고도 하고 고야의 상품성이 좋도록 품종개량을 한 것이 자두라

고도 하니, 찾아보기는 힘들지언정 고야도 자두의 한 종류인
셈이겠다. 다만 할머니에게는 여전히 자두보다 고야가 익숙
하고, 엄마에게는 자두와 고야가 뚜렷이 다른 과일이며, 나
에게는 자두만 남고 고야는 거의 잊혀진 상태다. 나는 고야
의 맛을 간신히나마 기억하는 마지막 세대인 걸까. 침이 고
인다. 고야가 먹고 싶다.

* 이 글을 지면에 실은 후 H선생님에게 문자를 받았다. 선생님의 고향
인 남쪽 지방에서는 '오야'라고 불렀다 한다. '오얏 리李'할 때의 '오얏'
은 뜻과 한자음 사이에 사이시옷을 넣어 발음하던 습관이 표기로 굳어
진 것이 아닐까 하는 추측도 보태주셨다. 오야. 고야. 오야. 고야. 여러
번 중얼중얼하니 입이 즐거워진다. '李' 옆에 '오얏 리' 대신 '고얏 리'
라 토를 달아보고 싶은 마음도 스쳐간다.

그 집

그 집이 언제 지어졌는지는 모른다. 그 집에 내가 언제부터 살았는지도 분명치 않다. 분명한 것은, 내가 기억하는 내 삶이 그 집에서 시작되었다는 것이다.

무슨 바람이 분 탓일까. 그 집에 가보고 싶어 기차에 올랐다. 그 집이라기보다는, 그 집이 있던 '자리'라고 해야 맞는 표현이겠지만. 일대가 몰라보게 변했다는 것 정도는 이미 알고 있었다. 당연히 그 집도 변화에 휩쓸렸을 것이었다. 하지만 막상 근처에 닿고 보니 그야말로 장님이 코끼리 더듬는 막막한 심정이었다. 눈에 익지 않은 건물에 낯선 가게들뿐이라 어느 골목으로 꺾어 들어야 할지 종잡을 수가 없었다. 골목 안쪽으로도 새 간판을 단 음식점, 편의점, 네일샵 등이 즐비하게 이어져 어디가 어딘지 도무지 갈피가 잡히지 않았다. 주소를 미리 확인해두고 스마트폰의 GPS맵으로 검색하면 간단했으련만 알아볼 수 없게 된 옛 동네를 무작정 헤매다 지치는 게 오늘의 운세였을지도.

그렇게 반쯤 포기한 마음이 되었을 때, 홀연 목적지에 닿았다. 그저 그 집이 있던 '자리'가 아니라 놀랍게도 내 삶의 공간이었던 그 모습 그대로의 그 집이었다. 새 단장을 한 옆집들 사이에 끼어 그 집은 홀로 초라하고 적막했다. 칠이 벗겨진 대문 틈새로 기웃거려본 마당에는 잡초가 무성했고 깨진 항아리와 뜯긴 문짝, 삽과 넉가래 등속이 아무렇게나 널려 있었다. 초인종을 눌러보았다. 묵묵부답이었다. 버려진 건가. 나는 한참을 서성였다. 이 싱숭생숭함은 뭘까. 이렇게 폐가로 방치되어 있어서 안타까운 건지, 폐가로나마 남아 있어서 고마운 건지, 애초에 무얼 바라 여기에 온 건지 내 마음을 가늠할 수가 없었다.

이토록 사소한 흔적

워싱턴 D.C.에 있는 미국국립문서보관소에 출장을 다녀온 적이 있다. 이 아카이브에는 한국전쟁 기간에 미군이 노획한 다량의 문서와 책들이 보관되어 있는데, 그중 내가 속한 연구팀에 필요한 자료를 찾아 실물 사진을 찍어오는 것이 목적이었다.

열람을 위한 까다로운 절차를 거쳐 열몇 개의 문서박스를 건네받은 나는 망연함을 금할 수 없었다. 너덜너덜한 신문 낱장에서부터 남로당 당수 박헌영 같은 거물의 친필사인이 적힌 귀한 책들까지 계통 없이 뒤죽박죽 섞여 있었던 것이다. 노획문건이니 당시에는 그저 쓸어 담았을 것이고, 이후에도 세심한 분류 작업을 거치지 못한 것 같았다.

하릴없이 나는 박스들을 일일이 확인해야 했는데, 번거롭게만 여겨지던 이 작업은 뜻밖에 뭉클한 감동으로 이어졌다. 낡고 바랜 종이 뭉치 사이에는 정갈한 글씨로 야학수업의 내용을 받아 적은 공책이 있었고, 소총을 다루는 것이 아직 서툰 어린 병사의 수첩이 있었다. 어머니에게 애틋한 마음을 전하는 인민군의 편지가 있었고, 무상몰수 무상분배 농지개

혁의 기치에 부화뇌동했었다며 절절히 참회하는 전향자의 각서도 있었다.

공적인 역사에는 기록되지 않은, 그때 그 사람들의 사소한 흔적. 우리나라에 남아 있었다면 진작에 폐지 처분되었을 것들이 바다를 건너 여태 남아 있었다니. 한국 문자에 어두워 뭐가 중요한지 판단할 수 없는 무지와 무관심이 오히려 지나간 시간을 보존케 한 셈이 되나. 6월 25일을 앞둔 며칠 전, '6. 25'라는 글자를 무심코 '육점이오'로 읽은 후 그 문서들이 떠올랐다. 공식적 기록으로 남은 추상적 숫자보다, 그 숫자에 연루된 삶의 속살이 한층 깊이 마음을 파고들었기 때문일지 모른다.

잃어버린 꿈

"뭐가 그렇게 좋았어?"

세수를 하고 나오자 남편이 대뜸 물었다. 무슨 뜻딴지냐는 표정을 짓자 그는 새벽녘 깔깔거리는 내 웃음소리에 잠을 깼다고 했다. 한번도 들어보지 못했던 명랑한 음성이라 섬뜩하기까지 했다나. "무지 궁금했다구. 저 사람 꿈속에서는 무슨 일이 일어나고 있나 싶어서 말야. 옆에 있으면서 서로 딴 세상을 살고 있다는 게 신기하기도 했고. 생각나는 거 없어?" 유감스럽게도 나는 그 웃음을 불러일으킨 장면이 한 토막도 기억나지 않았다. 일어나기 직전의 꿈에서 어딘가에 다리 한쪽이 빠져 옴짝달싹 못하던 불쾌한 기분만 미지근하게 남아있을 뿐이었다.

간밤에 나는 무슨 즐거운 일을 겪었던 걸까. 악몽에 시달리거나 가위에 눌릴 때는 억지로 몸을 비틀어서라도 잠에서 깬다. 꿈의 세계에서 이쪽 현실로 도망을 치는 것이리라. 벽이나 이불을 더듬어본 후 안도의 숨을 쉬지만, 그럴 땐 꿈의 기억이 생생하기도 하고 그쪽으로 돌아가게 될까 봐 겁도 나서 감히 다시 잠을 청할 수가 없다. 그런데 깔깔 웃음까지 흘리게 만든 즐거운 꿈속에서는, 이쪽을 까맣게 잊고 마냥 거기 머물고 싶어지는 걸까. 그 염원 덕에 꿈에 풍덩 잠겨 있다가 깨고 나면 몽땅 망각하게 되는 걸까. 행복의 파랑새라도 놓친 양 나는 잃어버린 꿈이 아까웠다. 잃어버린 줄도 몰랐던 잃어버린 꿈이었으니, 애써 떠올리지 않는 어느 날 저절로 불쑥 떠오르길 바라나 보아야 할까.

조삼모사

남자가 여자에게 묻는다. 어느 손의 손톱을 먼저 깎느냐고.
여자는 왼쪽이라 답한다. 그런 부류의 사람은 낙천주의자,
라며 남자가 말을 잇는다. 오른손잡이는 왼쪽 손톱을 깎는
게 더 쉽지요. 일단 쉬운 것부터 하고 나중 일은 그때 생각하
는 거예요. 그러자 여자가 반문한다. 왼쪽을 깎고 나면 오른
쪽만 남아요. 쉬운 것부터 하는 게 아니라, 어렵고 괴로운 걸
일부러 남겨두는 거라면요? 역시 낙천주의일까요……?

〈님포매니악〉이라는 영화에 나오는 대화다. 결국은 똑같
지만 무얼 먼저 하는가. 그 차이로 남자는 성격을 구분하고
여자는 그 구분을 다시 지운다. 진지한 장면이었지만 나는
조금 웃고 말았는데, 오래전 급식 반찬을 두고 짝과 어이없
는 실랑이를 벌인 일이 기억난 까닭이었다.

짝은 반찬 중 늘 맛있는 것부터 먹는 편이었고 나는 반대였
다. 그날은 계란 입힌 소시지가 반찬의 중심이었을 것이다.
내 식판을 넘보던 그 애는 내가 밥이 절반 넘게 사라진 후에
야 소시지를 야금야금 잘라먹기 시작하는 걸 보며 급기야 이
렇게 이죽거렸다. "배가 다 부른 다음 무슨 맛으로 먹니?" 나

는 아껴두고 끝에 가서 먹는 게 더 맛있는 법이라며 그즈음 배운 '조삼모사'를 되는대로 들먹였다. "도토리 얘기 몰라? 아침에 넷, 저녁에 셋이든, 아침에 셋, 저녁에 넷이든, 흥!"

　고사성어의 뜻은 황당한 방향으로 꺾여 우리는 조삼모사가 낫네 조사모삼이 낫네 설왕설래를 이어갔다. 낫고 말고가 아니라 성격 유형일지 모른다며 '조삼모사형 소심파' '조사모삼형 낙천파'로 갈라보고 짐짓 뿌듯해한 건 어른이 된 후인데, 영화 속 여자의 말을 듣고 보니 이 또한 부질없는 개똥철학이랄밖에. 고사성어의 원래 교훈으로 돌아가 조삼모사를 따지는 일의 어리석음을 이렇게 다른 각도에서 짚어보고 있다.

버스 정류장

폭우를 만났다. 대로변을 걷고 있을 때였다. 눈에 띈 버스 정류장을 향해 뜀박질을 했다. 일대가 공사구역이라 비를 피할 데라고는 그곳밖에 없었다. 비슷한 처지의 사람들이 하나둘 모여들었다. 반듯한 차림새라고는 진작부터 버스를 기다리며 담소를 나누던 두 중년여인뿐이었다. 그중 하나가 어머, 갑자기 쏟아지네, 나올 땐 햇빛이 쨍해서 이걸 들고 나왔는데, 하며 꽃무늬 양산을 펴들었다.

정류장 차양 밑은 곧 미어터지기 시작했다. 축축한 살갗과 살갗이 닿았다. 한층 굵어진 빗줄기는 바람까지 받아 사선으로 들이쳤다. 꽃무늬 양산의 살대 끝이 이마를 자꾸 건드렸고, 거기서 떨어지는 빗방울이 윗도리를 적셨다. 버스가 도착하자 사람들이 우르르 몰려갔다. 타려던 버스를 탄 이들도 있었을 터이고, 금세 그칠 소나기가 아님을 깨닫고 전철역이나 근처 번화가로 나가기 위해 일단 올라타고본 이들도 있었을 터이다.

정류장은 곧 반쯤 젖은 다른 이들로 채워졌다. 버스가 오면 또 얼마쯤 비었다가 다시 채워지기를 반복했다. 그러다 차츰

스산함이 감돌게 되었는데, 어쩌자고 나는 그때껏 대책 없이
자리를 지키고 있었던 것일까. 한 명이 더 있었기 때문일까.
들고 나는 이들에게 어깨를 치이며 우두커니 앞만 보고 서 있
다 나랑 단 둘이 남게 된 여자. 우리는 몇 번 눈이 마주쳤지만
말을 섞거나 하지는 않았다. 그저 폭우의 시간을 함께하고 있
을 따름이었다. 도로변 배수구로 빗물이 맹렬히 빨려들 즈음,
나는 그녀를 남겨두고 다음 버스에 올랐다. 시선이 저절로 차
창 밖을 향했다. 그녀가 아직 거기 있었다. 혼자 있었다.

참을 수 없는 가려움의 가벼움

몇 년 전 여름밤, 가려움에 호되게 당한 적이 있다. 발단은 모기였다. 눈꺼풀과 목덜미, 팔다리를 몇 방 물리고 나니 긁는 손을 멈출 수가 없었다. 가려움은 이내 머릿속으로 침투했다. 앵앵거리는 소리가 고막을 파고들었기 때문일 것이다. 벌떡 일어나 신문지를 말아 쥐고 한참을 설쳐댔다. 그러다가 포기하고 이불을 뒤집어썼을 즈음일까, 후덥지근한 열기 속에서 한층 얄궂은 가려움이 찾아왔다. 살갗이 아니라 갈비뼈 안쪽이었다. 폐나 심장 혹은 횡격막 근처 어딘가. 긁고 싶었지만 어떻게 긁어야 하는지 감이 잡히지 않았다. 가슴을 두드려도 찬물을 벌컥벌컥 들이켜도 가라앉을 기미가 없어 앓는 사람처럼 거듭 신음을 흘리며 밤을 꼬박 새웠는데, 새벽녘 까무룩 선잠에 들었다가 정신이 들었을 때 진정되어 있었던 걸 보면 가슴속이 아니라 '마음속'이 가려웠던 걸지도 모르겠다.

엊그제 야외 테이블에 몇 명이 둘러앉아 너 나 할 것 없이 모기에 물린 종아리를 긁적거릴 때 이 이야기를 했더니 한바탕 웃음이 터졌다. 나 역시 따라 웃었다. 그날 밤에는 눈물이

날 만큼 괴로웠는데도 폐나 심장 따위에 가려움을 느꼈다는 사실이 한편으론 얼마나 희극적이던지. 토끼가 간을 꺼내듯 뇌도 목구멍도 내장도 꺼내어 펼쳐놓고 벅벅 긁을 수 있으면 좋을 거라는 농담이 자연스럽게 이어졌다.

　이상한 일이다. 정도의 차이는 있을지언정 가려움이 얼마나 참기 힘든 감각인지 다들 안다. 긁을 수 없으면 미칠 것 같고 긁어대면 제2, 제3의 상처가 생기고 진물이 흐른다. 어떤 통증 못지않게 심중한 증상일 때도 있다. 그런데도 가려움에 대해서는 어째서 도통 진지하거나 엄숙해질 수가 없는 걸까. 가려움의 희비극에 고개를 갸웃거리게 된다.

고퐈스

재밌는 간판을 보았다. '화장실 방수제는 고퐈스. 신축옥상
은 하이고퐈스'. 하하. 고퐈스라니. '퐈'라는 글자가 포함된
단어를 처음 보기도 하거니와 어디에서 연원한 것일지 통 짐
작이 가지 않았다. 방수제라 하니 쓰임새야 알겠는데 상표명
일까, 재료명일까? 일본에서 온 말일까, 서양 어디에서 온
말일까? 길을 걸으며 되는대로 꿰어보았다. 곰퐈스? 고마
스? 고모아스? 고모어스? 보다 익숙한 표기로 대체하고 혀
도 굴려가며 어원을 추적해보려 했지만 그저 오리무중이다.

집에 돌아와 검색엔진을 돌렸다. 시공이 간편한 대표적 방
수제로 화장실, 옥상, 베란다 등의 바닥에 바른단다. 판매하
는 쇼핑몰도 제법 많다. 단어의 뜻은 웹페이지를 여럿 둘러
보고서야 알았는데, 하하, 또 한번 웃고 말았다. 고무와 아스
팔트를 섞어 만든 용액이라 두 단어를 합쳐 '고퐈스'라 부른
다는 것이다. 제품명으로 특별히 착안한 것인지 업계 기술자
들이 입에 붙는 대로 쓰다가 그대로 굳어진 건지는 모르겠으
나 여하간 재치 만점이다. 두 재료를 혼합하듯 재료의 이름
도 혼합하여 서로 분리되지 않도록 '퐈'라는 글자로 꽉 묶어

주었으니 그야말로 안성맞춤이랄밖에. 그런 것을 단어 통째로 외래어일 거라 지레 여기고 애먼 데를 두리번거렸으니 감이 잡혔을 리 없다.

고꽈스. '꽈'에 힘을 주어 또박또박 다시 입에 올려본다. 꿈틀거리는 것 같다. 희한하고 엉뚱한 생명체 같다. 새 말을 낳아 기운을 불어넣고 세상을 살아가게 만드는 이, 어찌 태초의 하느님뿐일까.

카드 키

며칠 일정으로 여행을 왔다. 체크인 수속을 하고 카드키를 받아 객실 도어락에 꽂는다. 찰칵, 잠금쇠 풀리는 소리가 들리기까지는 기껏해야 일 초. 그러나 나는 이 순간 긴장을 풀지 못한다. 진땀 나는 일을 겪은 적이 있기 때문이다.

몇 년 전 낯선 도시를 하릴없이 헤매다 숙소에 도착한 건 저녁 무렵이었다. 그때도 이런 카드 모양의 키를 받았는데, 도대체 작동이 되지 않았다. 마침 청소도우미가 복도에서 비품을 정리하고 있었다. 손짓 발짓을 섞어 그녀에게 도움을 청했다. 그녀는 고개를 갸우뚱거리면서도 일단 자신이 가진 만능키로 문을 열어주고 뭐라 뭐라 현지말을 덧붙였다. 알아들을 수는 없었지만 프런트 데스크에 가서 교환하라는 뜻이겠거니 짐작하며 고개를 크게 끄덕였다.

방에 들어서자마자 침대에 벌렁 드러누웠다. 까무룩 잠이 몰려왔다. 다시 눈을 뜬 건 얼마쯤 지났을 때일까. 화장실에 갔다. 세면대에 휴대용 클렌저가 있었다. 어라, 이런 게 비치되어 있네? 주전자에는 물이 담겨 있었다. 이런, 방 정리는 별로구나. 베개를 들어보니 트렁크 팬티가 나왔다. 뭐야, 너무하네, 비즈니스급이라도 명색이 호텔인데…… 하며 부글부글 화가 끓으려는 찰나, 뭔가 석연찮았다. 방 호수와 숙박 카드에 적힌 숫자를 비교해보았다. 아뿔싸, 내게 배정된 객실이 아니었다.

풀던 짐을 부리나케 싸고 프런트에 굽신굽신 사정을 이야기한 후 방을 옮겼다. 그나마 방주인이 돌아오기 전이라 천만다행이라며 가슴을 쓸어내리긴 했는데, 다시 한번 아차, 그새 갈아입은 티셔츠를 거기 흘리고 왔으니 어쩌나. 다음날 아침 문을 나서다 그 객실 주인과 마주쳤다. 지레 찔려 눈을 피했다. 그 사람은 내 티셔츠를 발견하고 어떤 표정을 지었을까.

우표의 맛

우표를 모으기 시작했다. 우표라니. 웬 뒷북인가 싶긴 하다. 편지는 이메일로 대신한다. 소포는 택배로 오간다. 보낼 물건이 있어 우체국에 가도 증지 스티커를 사용한다. 그렇건만 새삼 우표에 마음이 쏠린 건 몇 달 전 책을 내고 나서였다. 지인들에게 보낼 일이 있을 때마다 무겁게 짊어지고 우체국을 찾는 게 번거로워 직원에게 증지만 따로 살 수 있느냐고 물었더니, 곤란하다는 답이 돌아왔다. "날짜가 미리 찍혀 나오거든요. 무게가 확실하면 우표 사두시면 되는데⋯⋯"

그래서 여러 장을 샀다. 박새 우표가 있었다. 우정국을 세운 홍영식 우표도 있었다. 물끄러미 보다가 침을 묻혀 봉투에 붙였다. 혀에 우표의 맛이 돌았다. 봉투에는 화색이 돌았다. 받쳐입는 옷 색깔에 따라 얼굴빛이 환해 보이기도 하는, 뭐 그런 원리랄까. 지인의 주소를 적어 집 앞 우체통에 넣고 나니 워낙에 오랜만이라 약간의 설렘과 근심이 뒤섞였다. 제대로 갈까. 다시 침을 묻혀 또 한 장의 우표를 봉투에 붙이고 이번엔 우리 집 주소를 수신지로 적어 다른 구역의 우체통에 넣었다.

며칠 후 두 통의 우편물이 도착했다. 하나는 내가 내게 보낸 봉투. 또 하나는 내 책을 받은 지인의 답장. 우표가 붙어 있어 한결 반가웠다며 그녀 역시 우표를 붙여 엽서를 보내왔다. 보낸 자리에서 받는 자리까지, 소인이 찍힌 우표에는 길의 흔적이 담겨 있었다. 그 느낌이 좋아 요즘은 그저 우체국에 들러 제주말, 금동대탑, 꽈리, 울진대게, 이런 도안이 담긴 우표들을 산다. 우표 때문에, 아무에게나 아무것이나 보내고 싶어진다.

파마하는 남자

동그라미 네 개가 겹쳐 있는 로고. 검은색 아우디에 몸을 기댄 채 젊은 남자가 통화를 하고 있었다. 유흥가의 좁은 골목이었다. 나는 웃음을 참느라 애를 써야 했는데, 더위를 무릅쓰고 말쑥한 양복을 차려입은 그 남자가 머리에 분홍색 롯드를 가득 매달고 있었기 때문이다. 파마할 때 머리에 말아 올리는 손가락 크기의 원통형 플라스틱 도구 말이다. 남자는 심각한 표정이었다. 이해할 만했다. 아무나 저 꼴로 미장원을 나오지는 못한다. 부끄러울 게 없을 듯한 아줌마들조차 최소한 보자기는 두르지 않는가. 소음 사이로 들리는 남자의 말소리는 절박했다. 몰랐어요…… 안 돼요…… 지금 말고 좀 있다가……

남자의 전화 내용을 놓친 건 옆에서 들린 또 다른 소리 때문이었다. 캬아아악. 목구멍에서 가래침을 끌어올리는 그 걸쭉한 소리의 주인공은 교복을 입은 예쁘장한 여학생이었다. 키가 크고 얼굴이 하얀 그 아이는 번잡한 길에서 마땅히 침 뱉을 곳을 찾지 못해 주위를 두리번거리는 중이었다. 역시나 웃음을 참기가 쉽지 않았다.

약속시간에 많이 늦을 것 같다는 친구의 문자를 받고 나는 바로 앞의 커피숍에 들어가 자리를 잡았다. 창 너머로 그 남자가 여전히 전화를 하고 있었고, 그 여학생은 여전히 건들거리고 있었다. 잠시 후 여학생은 또래들을 만나 키득거리며 팔자걸음으로 큰길 쪽을 향했고, 전화를 끊은 남자는 파마 중인 머리를 아우디의 운전대에 묻은 채 어깨를 흐느끼기 시작했다. 커피숍 창유리에는 그들의 모습 위로, 실내에서 그들을 바라보는 내 얼굴이 반사되어 있었다. 뭐라기 어려운, 멍한 표정이었다.

속사정

급히 미술 쪽 책 한 권을 주문했다. 일주일 안에 재빨리 훑어볼 사정이 생겨서다. 당일배송이라니 늦어도 내일이면 도착할 테고 분량상 사흘이면 일별할 수 있을 테고…… 촉박하지는 않겠다며 마음을 놓고 있었는데 어쩐 일인지 사흘이 지나도 감감무소식이었다. 사이트에 들어가 운송정보를 확인해보았다. 뭐? 배송완료라고? 고개를 갸우뚱했지만 나의 실수임을 깨닫는 데는 그리 시간이 필요치 않았다. 배송지가 I의 주소로 되어 있었다. 예전에 그녀에게 선물을 보낸 적이 있는데, 그때 기록된 주소가 자동으로 입력된 걸 모르고 내쳐 클릭, 클릭, 해버린 것이었다.

다시 주문할 여유가 없었던 나는 부랴부랴 그 책이 소장된 도서관으로 향했고, 가는 길에 I에게서 문자메시지를 받았다. "감사해요. 옛 기억도 풀풀 솟아나서 반가웠어요." 공교롭게도 I는 미술을 전공한 친구였다. 한참 전에 이 책을 보았을 그녀는 난데없는 우편물에 얼마나 어리둥절했을까. 더구나 우리는 서로 호감만 있을 뿐 그리 가까운 사이도 아니었다.

나는 실수로 보냈다고 하기가 미안해서 얼렁뚱땅 둘러댔다. "책을 읽다 갑자기 I씨 생각이 나서요^^." 그러고 나서 서가에서 그 책을 찾아 페이지를 넘기는데 어찌나 얼굴이 화끈거리던지. 기대와 달리 내용은 거칠고 도판은 엉망이었으며 표지도 조악했다. I가 지었을 뾰로통한 표정이 눈에 선하다. 자신이 그 수준으로 보였다는 것이 분할 것도 같고, 책을 보낸 나를 한심해했을 것도 같다. 나로서도 이제 와 사실을 털어놓을 수는 없으니 이래저래 벙어리 냉가슴이랄밖에.

운동화 끈

그 발에 눈길이 꽂힌 건 언제부터였을까. 더러운 운동화였다. 한쪽 끈이 풀려 있었고 끄트머리는 시커멓고 눅눅하게 짓이겨져 있었다. 몇 날 며칠씩 밟히는 대로 그냥 밟고 끌리는 대로 질질 끌고 다닌 듯했다.

　나는 전동차 의자에 앉아 시선을 아래쪽에 두고 있었다. 복닥거리며 갈마드는 발들은 화사하고 유쾌했다. 은색 발톱이 뒤로 물러나면 파란 발톱이 끼어들었다. 웨지힐이 빠지면 무좀양말을 꿴 스포츠샌들이 그 자리를 메웠다. 여름 전동차의 이런 풍경은 늘 '발 박람회' 같은 인상을 풍기는데, 하필 그 운동화에서 좀처럼 눈을 뗄 수 없었던 것도 색색의 페디큐어와 갖가지 시원한 신발들 사이에 뭉툭 끼어 있었기 때문일 것이다.

　운동화가 출입구 쪽으로 옮겨간 건 환승역을 앞두고서였다. 마침 나도 다른 노선으로 갈아타야 해서 자리에서 일어났다. 계단을 오르고 환승통로를 지나가는 동안 본의 아니게 나는 그 사람의 뒤를 밟게 되었다. 청바지에 피케이셔츠, 단정한 커트 머리, 신발만 뺀다면 반듯한 행색이었으니 기묘한 부조화였다.

치렁치렁 끌리는 끈이 밟혀 그는 두어 번 비틀거렸다. 그런 후에는 조심조심, 걸음을 내딛을 때마다 끈이 밟히지 않도록 한쪽 발로 반원을 크게 그렸다. 덕분에 그는 느렸고, 가벼운 절름발이처럼 보였다. 나는 속이 탔다. 제발 좀 묶어! 왜 안 묶는 거야! 앞을 가로막고 이유를 묻고 싶었다. 아니면 나라도 대신 꽉 졸라매주고 싶었다. 플랫폼으로 열차가 들어오는 소리가 들렸다. 뛰면 탈 수 있는 거리였는데, 어쩐지 그를 앞지를 수가 없었다. 괜히 저 운동화 끈이 원망스럽기만 했다.

단수

단수가 됐다. 하필 머리를 감는 중이었다. 이런 낭패가 있나. 그제야 며칠 전 문 앞에 붙어 있던 안내문이 떠올랐다. 노후 상수도관 교체 공사로 수돗물 공급이 중단될 거라 했었지. 날짜와 시간을 새겨두고 전날 밤엔 꼭 물을 받아놓아야겠다고 다짐했건만 그새 잊고 만 것이다.

샴푸거품이 부글부글 묻은 손으로 집 안에 남아 있는 물을 뒤졌다. 생수 두 통과 커피포트에 약간. 급한 대로 생수를 따 머리를 대강 헹군 후 안내문에 나온 단수시간을 확인해보았다. 아침 9시부터 저녁 6시까지. 한데 지금은 겨우 10시. 오후에는 약속이 있는데 어쩌나. 세수는 하다 만 셈이고 아직 밥도 먹지 않았고 화장실도 문제다. 생수를 잔뜩 사다 세면대와 변기 물탱크에 부어버려? 아니면 눈 딱 감고 칫솔에 수건 챙겨 가까운 지하철역에 나가봐야 하나?

망설이는 사이 옆집 화단 곁에 놓인 고무함지가 눈에 들어왔다. 어제의 빗물이 넉넉히 고여 있었다. 양동이 가득 그 빗물을 훔쳐 뒤뚱거리며 집으로 옮겨 왔다. 그래봤자 물탱크에 붓고 나니 남는 건 쥐뿔. 몸에서 후끈 열기가 올라 샤워를 하고 싶었지만 참는 수밖에 도리가 없다. 하루치 펑펑 쓸 물을 이런 식으로 길어 와야 한다면 그저 까마득하겠지.

간신히 채비를 하고 나서니 골목에서는 노란 굴착기가 땅을 파고 있었다. 매설된 수도관이 언뜻 보였다. 물이여. 콸콸 흘러라. 나는 속으로 중얼거렸다. 수돗물을 잠시 못 쓰게 되었다고 허둥대는 도시인이라니 여하간 딱하기도 하다.

단 한 권의 책

오래전 헌책방에서 산 프란츠 카프카의 소설을 다시 읽고 있
다. 쉽지는 않다. 1980년대에 출판된 것이라 문투가 구식이
고 지금은 잘 쓰이지 않는 단어도 더러 발견된다. 글자는 깨
알 같고 페이지의 상하좌우 여백이 얼마 되지 않아 눈도 피곤
하다. 시중에 나와 있는 최신 판본 중 하나를 새로 살까 잠시
고민했는데, 십여 쪽을 넘기면서부터 그냥 이 낡은 책을 고
수하기로 마음먹었다. 책에 스민 몇 겹의 시간이 내용 못지
않게 마음을 건드렸기 때문이다.

볼펜으로 밑줄을 치고 생경한 글씨의 메모를 남긴 것은 이
책을 헌책방에 넘긴 옛 주인이다. 그 흔적들을 피해 연필로
선을 긋고 뭐라 뭐라 적어넣기도 한 것은 대략 이십 년 전의
나다. 그 낙서가 하도 투박하게 감상적이라 겸연쩍기까지 하
다. 그리고 지금의 나는 옛 주인의 볼펜과 예전의 내 연필을
피해 색연필을 든다. 표시를 해두고 싶은 부분에 물결선을
넣고 페이지의 귀를 접는다.

종이 위에 퇴적된 마음의 지층들이 겹겹 뚜렷하다. 맨 밑에
는 20세기 초의 작가가, 그 위에는 번역자와 편집자가 있다.

다시 그 위에 80년대의 독자와 90년대의 독자와 2014년의 독자가 차례로 흔적을 쌓고 있다. 이미 고전의 반열에 오른 이 책은 서점에서도 도서관에서도 쉽게 찾을 수 있다. 다 합하면 수만 권도 넘지 않을까. 그러나 마음의 지층이 이런 무늬로 남아 있는 책은 나에게만 있다. 나는 이 세상 어디에도 없는, 단 한 권의 책을 읽고 있다. 시간은 세상의 모든 책을 단 한 권의 책으로 만든다.

닭발 먹기

올여름은 어째 닭만 먹고 산 기분이다. 복날 안팎이면 삼계
탕이나 닭곰탕, 맥주에는 프라이드치킨, 소주에는 닭꼬치,
냉면 대신 초계국수, 집에서도 가끔 치킨카레를 해먹고 닭가
슴살 통조림을 땄으니 닭 없이 보낸 날이 하루라도 있기는 했
나 모르겠다.

며칠 전에는 기어이 분식집에 들어가 김밥과 함께 닭발까
지 시켰다. 좋아하는 음식도 아닌데 무슨 심사였을까. 주인
할머니가 내준 접시에는 손가락이 네 개씩만 달린 앙상한 손
의 축소본 같은 것들이 새빨간 양념을 쓰고 수북하게 담겨 있
었다. 뼈 없는 닭발이나 두어 번 먹어본 나로서는 사람의 손
을 온전히 닮은 그 생김새가 꺼림칙할밖에. 하나를 집어 입
안에 넣고 우물거리다 가늘고 작은 뼈마디들을 뱉어내면서
는 참 가지가지도 먹고 산다며 혀를 찼는데, 여름내 숱하게
닭고기를 아무렇지 않게 뜯다가도 유독 닭발 앞에서만 젓가
락을 깨작거리고 있으니 이 또한 가소롭기 짝이 없다.

한때 살아 있던 짐승에게서 나온 고기라는 걸 잊으면 마음
이 편하다. 정육점의 살덩어리들이 대개 그렇지 않은가. 그

런데 닭발은 그 선명한 모양으로 도살의 마지막 과정이 내 입과 연결되어 있다는 걸 바로 상기시킨다. 회를 뜨고 난 생선이 아가미를 펄떡거리는 걸 보며 신선도를 확인한 듯 좋아라 하는 무신경함도 좀 그렇지만, 남의 살을 먹으면서 남의 살이라는 사실을 덮어만 두고 싶어 하는 소심한 가식도 씁쓸하기는 마찬가지. 어쨌건 그날 밤 꿈은 뒤숭숭했다. 나의 잘린 두 손이 양념에 버무려진 채 손바닥을 위로 하고 접시에 나란히 놓여 있었다. 매워 보였다.

감쪽같이

실내화 한 짝이 없어졌다. 귀신이 곡할 노릇이다. 전날 밤 침대에 눕기 전까지 신고 있었던 걸 기억하는데, 일어나 보니 마루에 굴러다니는 건 덜렁 한 짝. 나머지 한 짝은 침대와 소파 밑, 빨래바구니, 신발장까지 샅샅이 뒤져도 도대체 찾을 수가 없는 것이다. 그렇게 마술처럼 사라진 게 일주일 전. 이미 너덜너덜해진 터라 기회다 하고 남은 한 짝도 냉큼 버리면 좋으련만, 무슨 미련인지 새로 살 생각은 않고 맨발로 돌아다니며 발바닥에 먼지만 묻히고 있다.

집 안의 소소한 물건이 사라진 게 이번이 처음은 아니다. 책상서랍의 잡동사니들이 야금야금 없어져 한때는 서랍이 게걸스레 먹이를 삼키는 길쭉한 입 같다는 생각을 한 적이 있다. 계절이 지나 옷장 깊숙이 넣어두었던 빨간 스웨터는 이듬해 아무리 찾아도 나타나질 않았는데, 맹렬한 수색을 거쳐 체념한 후에도 떠오를 때마다 이곳저곳 뒤적여본 기간만 대략 오 년, 그에 마음을 접은 건 이사를 한 후였다.

사람이 없거나 잠들었을 때 집에서는 정녕 무슨 일이 일어나는 걸까. 마루에는 성주신, 안방에는 삼신, 부엌에는 조왕

신, 화장실에는 측신이 산다더니, 이렇게 홀연 행방을 감춘 물건을 찾다 보면 집 안 어느 구석엔가 정말로 초자연적인 존재가 둥지를 틀고 있는 건 아닌가 싶어진다. 그러고 보니 실내화 한 짝을 찾기 위해 찾는 건지, 내심 우리 집에 깃든 '그분'께서 감쪽같이 감추었길 바라는 건지 좀 헷갈리기도 한다.

와글와글 사운드

H와 맥주집에 들어간 건 초저녁이었다. 술집으로서는 이른 시각이라 점원들은 느슨하게 영업 준비 중이었고 음악도 미처 틀어놓지 않은 상태였다. 자리를 잡고 주문을 했지만 어둡고 휑한 홀에 마주앉아 있자니 오랜 친구인 우리조차 어쩐지 서먹해지는 기분. 맥주만 홀짝이다 평소처럼 쿵짝쿵짝 말을 주고받게 된 건 잔이 반 넘게 비었을 때부터였다. 비로소 테이블도 하나둘 채워지며 실내에 활기가 돌기 시작했다. "역시 좀 북적북적해야 분위기가 산다니까." 우리는 한마음으로 고개를 주억거리며 잔을 부딪쳤다.

하지만 정말? 여덟시를 넘기자 연이어 출입문에 달아놓은 종이 달랑였다. 단체손님도 우르르 들어와 건배와 브라보를 외쳤다. 네 명의 남자가 호탕하게 웃고 떠드는 옆 테이블과 우리 테이블의 간격은 한 뼘이나 될까. H가 말을 건넸지만 잘 들리지 않았다. 뭐라구? 뭐라구? 나는 테이블 건너로 상체를 기울이다 급기야 물컵을 엎어뜨리고 말았다. 젖은 옷을 얼른 티슈 몇 장으로 닦으며 H가 목청을 높였다. "나가자구! 조용한 데로 옮기자구!"

일단 화장실에 다녀오겠노라며 H가 자리를 비운 사이 나는 정신이 사나워 눈을 감았다. 왁자지껄해서 분위기가 살기는 개뿔, 속으로 궁시렁거렸다. 그때였다. 와글와글와글와글. 순간 희미한 감흥이 일었다. 아, 사람의 목소리란 이런 것이구나. 겹겹 오가는 이야기 속에서 뜻은 뭉개지고 소리로만 남은 목소리들. 그 사이에서 튀는 데시벨로 들려오는 "정말?" "있잖아" "개쩔어" 같은 말은 일종의 추임새랄까 장단이랄까. 나는 와글와글 사운드의 음악을 듣고 있는 것일지도 몰랐다.

내가 쓰레기통으로 보이냐

"동네 골목에 일 년 넘게 빈 화분이 하나 나와 있어요." 함께 길을 걷던 A가 입을 열었다. 내가 빈 음료수 병을 버리려고 쓰레기통을 찾아 고개를 두리번거릴 때였다. "희고 커다란 화분인데요…… 이럴 때 딱 좋아요." 내 손에서 빈 병을 가져가며 그녀는 말을 이었다.

골목을 오갈 때면 A는 그 화분 쪽으로 자꾸 눈길이 향한다 했다. 안에는 행인들이 던져넣은 페트병이나 담배꽁초가 늘 들어 있지만, 제법 말끔해서 내버려진 것처럼 보이지는 않았다. 식물 대신 쓰레기를 키우는구나. 꽃보다 쓰레기인가? 이런 생각을 하고 나니 A는 그 화분이 점점 좋아지게 되었다. 그러던 어느 날이었다. 화분 이마에 종이쪽이 나붙었다.

내가 쓰레기통으로 보이냐?

A는 멀뚱히 서서 매직펜으로 사납게 갈겨쓴 글자들을 바라보았다. 알쏭달쏭했다. 화분 주인이 써놓은 것이겠지만 한편으론 화분의 화난 목소리 같기도 했다. 쓰레기통이 아니니 쓰레기를 버리지 말라는 뜻이련만, 말 그대로 쓰레기통으로 보이는 거 맞지? 맞지? 하며 확인하는 것 같기도 했다.

"쓰레기통처럼 보이는 게 싫으면 집에 들여놓으면 되잖아요. 식물을 심거나 하다못해 흙이라도 담아놓던가요. 쓰레기통으로 쓰라는 듯 밖에 내놓고 쓰레기통으로 보이냐 물으니 무슨 뻘짓이래요?" A는 이렇게 덧붙이고 하하 웃었다. 낙서 금지라는 낙서가 낙서를 부추기는 것만큼이나 그날 이후 한 층 더 화분에 아무거나 집어넣고 싶어지더라나. 손에 들린 과자봉지나 귤껍질이 있으면 냉큼 던져넣고 어떨 땐 버릴 물건이 없나 부러 가방을 뒤지기도 한단다. 오늘은 내가 비운 음료수 병이 화분 속으로 들어가려나. 말의 괴상한 효력 덕에 쓰레기통으로 확실히 변신한 화분이 A는 마음에 드는 모양이었다.

힘 빼기

수영을 배우기 시작했다. 나름 큰 결심이다. 튜브를 타고 몇
번 물놀이를 해보았을 뿐 실내 풀에 몸을 담그기는 이번이 처
음. 초급반이라 다들 오십보 백보 고만고만한 수준일 줄 알
았더니 나만 생초보다. 자유형, 평영으로 레인 한 바퀴를 거
뜬히 도는 '인어'들 옆에서 혼자 발차기를 하고 음……파
음……파 호흡법을 익히자니 그저 부러움이 앞선다. 키판을
잡고 죽어라 물장구를 치는데 도통 앞으로 나아가질 않는다.
머리를 들어 숨을 쉬려 하면 몸은 꼬르르 가라앉고 물만 입으
로 들어온다. 삼켜야 돼 뱉어야 돼 망설이는 사이 소독약 냄
새가 나는 물은 벌써 목구멍으로 넘어가고 슬슬 헛배마저 불
러온다.

　"턱은 아래로 당기고! 무릎은 펴고! 어깨에 힘 좀 빼세요,
힘을 빼야 물에 뜨죠." 첨벙거리는 나의 자세를 교정해주며
강사가 야단을 친다. 네, 네, 그런데 어떻게 하면 어깨에서
힘을 뺄 수 있냐 말이지. 내가 투덜거리자 그가 농담조로 덧
붙인다. "어떻게 빼냐면요, 잘 빼셔야죠. 하하."

　말인즉슨 알아서 깨치는 수밖에 없다는 거. 하긴 수영뿐이

겠는가. 학생들에게 시를 가르칠 때 나도 그런 말을 했었다. 어깨에 힘 좀 빼요. 그래야 시와 친해질 수 있어요. 하지만 뾰족한 방법이 따로 없으니 많이 읽고 많이 써보라는 하나마나한 조언을 하는 수밖에. 뭔가를 잘하기 위한 기초는 그것과 친해지는 것이고, 친해지려면 몸에서든 마음에서든 어깨에 힘을 빼야 하는데, 힘을 빼는 게 힘을 주는 것보다 늘 더 어려운 것 같다. 앞으로 나는 물과 친해질 수 있을까. 과연?

간판들

다 밀어버리면 좋겠다……. 몇 년 전 한 상가거리를 지나다가 이런 난폭한 생각을 한 적이 있다. 보습학원에 피부관리실, 호프집과 국밥집 등의 대문짝만 한 간판들이 계통 없이 섞여 나 좀 봐달라고 으악으악 소리를 지르는 것 같은 풍경에 미간을 찌푸리면서였다. 안타깝기도 했다. 보기만 흉한 게 아니라 저렇게 내기하듯 간판을 키워봐야 눈에 띄지도 않을 텐데. 쾌청한 날씨였건만 공해와 소음이 따로 없었다. 배가 고팠지만 어느 식당에도 들어가고 싶지 않아 서둘러 발길을 옮기고 말았다.

그러고 나서 얼마쯤 지난 후였을까, 곳곳에서 낡은 건물의 간판들이 일괄적으로 정비되는 것을 지켜볼 수 있었다. 웬일 이래? 나랏돈으로 땅이랑 강만 파는 줄 알았더니 도시미관에도 관심을 갖고? 버릇처럼 비아냥거렸지만 반갑기도 했다. 아담한 사이즈와 통일감을 고려한 글자체들이 제법 산뜻하게 다가왔다. 악을 쓰는 간판들이 사라지니 그것만으로도 일대가 조용해진 것 같았다.

하지만 요즘은 또 재정비를 마친 상가를 지나칠 때마다 다른 미련이 앞선다. 변덕스럽게도 단정하다기보다는 획일적이고 지루하다는 생각이 드는 것이다. 비단 나만 그런 것은 아닌 듯하다. 난삽한 조악함이랄까 후줄근한 천박함이랄까 한국 상가건물의 독특한 아우라가 사라진 게 서운하다며 몇몇 친구들과 입을 모으기도 했으니 말이다. 어쩌면 미감은 그런 식으로 진화하는 것일지도 모르겠다. 일단은 반듯한 정돈을 요구하며, 이단은 개성과 다양성을 요구하며, 삼단은 장소에 밴 숨결과 사연의 소중함을 깨달아가며…….

그래도요

파마를 했다. 중화를 마치고 머리까지 감고 나니 밤 아홉시. 미용사가 드라이어를 들며 말을 걸어왔다. "웨이브 괜찮으세요?" 적당히 고개를 끄덕였다. 피곤한 상태였다. 특별히 망치지는 않은 듯하니 뭐 그럭저럭 파마머리겠지.

머리가 반쯤 마르자 미용사는 롤빗으로 뿌리를 세우고 드라이어를 바싹 들이댔다. 요컨대 마지막 단계인 스타일링. 재빨리 사양을 표했다. 아침부터 여기저기 쏘다닌 후 파마약 냄새에 코를 맡긴 터라 빨리 집에 가서 쉬고 싶은 마음이었다. 하지만 그녀가 어깨를 잡았다. "그래도요. 잠깐이면 돼요." 나는 퀭한 눈으로 거울 속에서 봉긋봉긋 부푸는 머리를 지켜보았다. 젠장. 야밤에 무슨 꽃단장이람. 어차피 집에 가면 베개 위에 뭉개질 텐데. 잠시 후 뜨거운 바람이 멎었다. 그녀의 손에는 이제 스프레이가 들려 있었다. 아뇨, 아뇨, 아무것도 바르지 말라고 내가 머리를 감싸자, 멈칫하며 스프레이를 왁스로 바꿔 든 그녀의 얼굴에 서운함이 비쳤다. "그래도요. 어떤 느낌으로 정돈하는지는 알아야죠." 그녀는 손바닥 가득 왁스를 발라 둥글게 부푼 머리를 정성껏 매만졌다.

나는 성가시기 짝이 없었는데, 그러면서도 끝내 그녀의 마무리 작업을 뿌리치지 못한 이유는 무얼까. 미용사에게는 제 손이 닿은 모든 머리가 '작품'으로 다가올지도 모른다는 생각이 스쳤기 때문인 것 같다. 누구나 자기 작품의 최종 형태를 감상할 권리쯤은 있어야 하겠지. 또 자랑해보이고 흐뭇해할 기회도 있어야 하지 않겠는가. 그녀가 손거울을 들고 머리의 뒷모양을 보여주었다. "예쁘죠?"

그대로 가만히

부스스 일어나 주방에 나오니 한숨이 나왔다. 어제 그제 이틀 동안 먹어대기만 하고 설거지를 하지 않은 탓이다. 개수대에 잔뜩 쌓인 그릇들하며 들러붙은 음식찌꺼기하며 어질러진 선반과 식탁하며…… 물 마실 컵 하나 변변히 놓을 자리가 없었다.

뭐부터 치워야 하나. 멍하니 의자에 앉아 엉망진창의 잔해들을 둘러보았다. 그런데 이건 뭘까, 너저분하면서도 날아갈 듯 사뿐한 이 고요는. 구겨지다가 만 알루미늄 호일이 주전자에 걸쳐져 있었다. 접시에서 절반 넘게 벗겨진 랩의 끝부분은 천장을 향하고 있었다. 생선 핏물이 말라붙은 초록색 비닐봉투는 입을 크게 벌리고 있었고, 빈 과자봉지에는 세모꼴로 뜯어낸 모서리가 간신히 붙들려 있었다. 먹을거리를 담거나 덮고 있던 것들의 아슬아슬한 정지자세들. 중력이 살짝 달리 작용하는 것 같았다. 벽시계의 초침소리가 들렸지만 시간이 잠시 멎은 것도 같았다. 나 역시 움직이지 않고 가만 앉아 있자니 장대에 내려앉은 잠자리 날개에 살금살금 다가가는 기분이기도 했는데, 이번엔 살금살금 숨을 쉬며 나는 무엇에 다가가고 싶었던 것일까. 이 풍경 속에 감춰진 다른 리듬의 시간이었을까.

창밖에서는 날카로운 바람이 불고 잎사귀들이 나부끼고 있었다. 실내에서는 상한 음식 냄새가 스멀스멀 올라오고 있었다. 버리고 치우고 어서 창문을 열어 환기를 시켜야 했지만, 공기에 붙들린 저 가벼운 것들과 함께 그냥 좀 더 있고 싶기도 했다. 그대로 가만히.

에필로그

2012년 11월부터 2014년 9월 초까지 대략 일곱 계절에 걸쳐 《한국일보》에 실었던 글들을 추려 묶었다. 연재 당시 내게 주어진 지면의 분량은 띄어쓰기 포함 700자 안팎이었다. 글자 수를 맞추느라 애를 먹었다. 책으로 묶을 계획이 섰을 때는 분량의 구애를 받지 않아도 되니 자유롭게 고쳐볼까 했다. 다른 데에 실었던 산문도 아우를 생각이었다. 그런데 참 이상한 일이다. 덧붙여 보면 늘어지고 줄여놓으면 맥이 끊겨 퇴고 끝에는 원래대로 돌아가고 말았다. 다른 지면에 실었던 글들은 결도 호흡도 달라 원고 묶음 사이에서 따로 놀았다. 결국 문장을 손보는 수준에 머물렀고, 연재된 것 이외의 글을 섞지도 못했다.

미디어는 메시지라고 했던 마셜 맥루언의 말을 떠올려본다. 넓게 해석하자면 형식 혹은 그릇이 내용을 결정한다는 뜻일 것이다. 700자를 통해 비로소 나는 '형식의 힘'을 실감하게 되었다. 700자가 아니었다면 이런 이야기를 쓸 수 없었을 것이다. 700자가 아니었다면 다른 이야기가 씌어졌을 것이다. 형식이 내용을 창조한 셈이다. 삶도 그러하지 않을까.

주어진 형식에 우리는 그저 얽매이는 것이 아니라, 얽매임을 통해 자기만의 고유한 빛과 결을 만들어가게 되는 것일지도 모른다.

소소한 일상을 옮겨 적는 동안 나의 하루가 그 누구도 살아본 적이 없는 귀한 시간이라는 걸 되새겼다. 이 세상에 픽션이 아닌 글은 없다는 걸, 또한 픽션이기만 한 글도 없다는 걸, 삶과 글의 한 뼘 간격을 통해 깨닫기도 했다. 이 책 속의 등장인물이 되어준 가족과 벗들에게 고마움을 전한다. 박진휘. 이준표. 이윤표. 부디 잘 커라. 그리고 오랜 세월 이름으로 불린 적이 없을 나의 할머니, 남궁경애, 여기서 한번, 이름으로 불러보려 한다.

신해욱 산문집

일인용 책

초판 1쇄 발행 2015년 2월 23일
초판 4쇄 발행 2020년 11월 10일
지은이 신해욱

발행인 박지홍
발행처 봄날의책
등록 제311-2012-000076호(2012년 12월 26일)
주소 서울 종로구 창덕궁4길 4-1
전화 070-7570-1543
E-mail springdaysbook@gmail.com

기획·편집 박지홍
디자인 공미경
인쇄·제책 한영문화사

ISBN 978-89-969979-0-0 03810

이 도서의 국립중앙도서관 출판시도서목록(CIP)은
서지정보유통지원시스템 홈페이지(http://seoji.nl.go.kr)와
국가자료공동목록시스템(http://www.nl.go.kr/kolisnet)에서
이용하실 수 있습니다(CIP제어번호: CIP2015003890).